KB097750

북극 허풍담 2

북극 허풍담 2

그 후 엠마는 어떻게 되었나?

요른 릴 소설

지연리 옮김

엘림원

| 일러두기 |

* 본문 중의 주석은 옮긴이주다.
* 인명, 지명 등 외국어의 우리말 표기는 국립국어원 외래어 표기법을 따르되,
  통용되는 일부 표기는 허용했다.

고통은 언제나
견딜 수 있을 만큼만 주어진다.

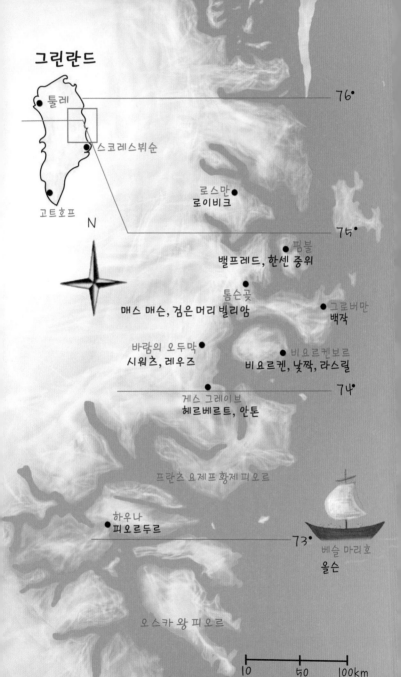

그린란드

툴레

스코레스뷔순

고트호프

N

76°

로스만
로이비크

75°

핌블
밸프레드, 한센 중위

톰슨곶
매스 매슨, 검은 머리 빌리암

그로버만
백작

바람의 오두막
시워츠, 레우즈

비요르켄보르
비요르켄, 낮짝, 라스릴

74°

게스 그레이브
헤르베르트, 안톤

프란츠 요제프 황제 피오르

하우나
피오르두르

73°

베슬 마리 호
올슨

오스카 왕 피오르

10   50   100km

차례

흰멧새

혼자라는 것. 사람이라고는 거의 찾아볼 수 없는 연안에서 세상으로부터 고립되어 홀로 살아가는 것. 오직 스스로의 능력과 의지에 기대어 자신의 주인이자 하인이 되는 것. 안톤 페데르센은 사냥 회사 사무실에서 구직 신청서를 작성할 때만 해도 이런 것들의 형체를 몰랐다. 당시 열아홉 살이던 안톤은 전혀 다른 상상을 했다. 관심도 다른 데 있었다. 그에게 북극은 영웅들의 세계였다. 불굴의 사내들이 두꺼운 모피를 두르고, 지도 위에 하얗게 남은 지점들을 목숨을 걸고 정복해나가는 곳이었다. 그린란드도 다르지 않았다. 그에게 그린란드는 썰매 개와 떠나는 긴 여행이었고, 전설적인 곰 사냥이자 바다코끼리 사냥이었다. 순진무구한 에스키모와의 황홀한 만남이었고, 생사를 초월한 탐험가들의 완전무결한 우정이었다. 안톤은 상상의 나래를 펼치며 위대한 개척자가 되겠다는 원대한 포부를 키웠다.

그린란드는 넓었고, 탐험가의 손길이 닿지 않은 장소도 많았다. 그러나 지도 위의 흰 부분들은 빠르게 녹아내리고 있었다. 안톤은 시간이 없다는 생각에 서둘러 북극으로 떠날 준비를 했다. 그에게는 내세울 만한 것이 없었다. 얼마 전 대학 입학시험에 합격했고, 사냥 학교에서 은메달 몇 개를 받았지만, 그것이 전부였다. 이런 그에게 북극으로 갈 수 있는 길은 두 가지밖에 없었다. 첫째, 그린란드 로열 무역 회사에 들어가 그린란드 서부 연안으로 간다. 둘째, 사냥꾼이 되어 그린란드 동부로 간다. 그린란드 서부로 가면 무역업계에서 사무 보조를 할 수 있었다. 그러나 안톤은 서부로 가고 싶지 않았다. 모험과는 거리가 멀었고, 업무도 따분하게 느껴졌다. 장차 위대한 개척자가 될 사람에게는 굴욕적인 일이었다. 그래서 그는 사냥 회사를 선택했다. 사냥꾼의 삶과 북극 영웅의 삶은 크게 다르지 않았다. 사냥 회사 대표의 말도 같았다. 사냥꾼이 되면 썰매를 타고 사냥을 하며 새하얀 땅을 종횡무진 누빌 수 있었다. 옛 탐험가들의 삶만큼이나 멋진 경험을 할 수 있었다. 이것이 용감하고, 똑똑하고, 갓 열린 개암나무 열매처럼 파릇파릇한 안톤 페데르센이 사냥꾼이 된 이유였다.

안톤의 북극 모험은 시작부터 전도유망해 보였다. 베슬 마리호도 상상 그대로였다. 아담한 크기의 낡은 돛배는 바다표범 사냥에 사용되던 것으로, 개척자를 태우고 대서양을 횡단하는 데 부족함이 없었다. 자칭 '서쪽 빙하 전문' 선원들도 노련하기가 남달랐다. 매일 저녁 여덟 시에 수습 선원이 종을 울리면 식사를 시작했는데, 이때 올슨 선장이 들려주는 이야기도 놀라움 그 자체였다. 선장은 어마어마한 이야기꾼이었다. 열두 살 때부터 빙해를 항해한 덕에 최고의 실력까지 겸비했다. 표류하는 얼음덩이만 보고도 발원지가 카라해 극지인지, 그린란드 동부인지, 혹은 다른 지역인지 정확히 감별해냈으며, 먼바다에서도 대기의 냄새와 바닷물의 맛으로 배가 어디 있는지 알아냈다.

저녁 식사 시간에는 싸구려 럼주가 흙으로 빚은 갈색 호리병에 담겨 테이블에 올라왔다. 선원들은 너 나 할 것 없이 낡은 파이프에 담배를 피우며 독한 연기를 뿜어냈고, 안톤은 흔들리는 벽에 등을 기대고 앉아 뱃사람들의 이야기에 귀를 기울였다. 이따금 껄껄 웃으며 '쾅' 하고 주먹으로 식탁을 내려치면, 배짱 두둑한 사내가 된 것 같아 기분이 좋아졌다. 담배 연기와 럼주에 목이 막힐 때도 있었지만, 이때마다 올슨 선장이 기침 발작을 물리친다며 등을 쳐주었다.

자정이 지난 시각, 선장이 자러 들어가면 안톤은 갑판 위로 올라가 난간에 팔꿈치를 괴고 서서 일렁이는 바다에 저녁나절 마신 럼주를 토해냈다. 그럴 때마다 돛에 매단 돼지비계에서 역한 냄새가 풍겨왔다. 속을 비우고 난 뒤에는 가까운 기둥에 기대앉아 이마의 땀을 닦고 창백한 얼굴로 바다를 응시했다. 북유럽의 여름밤은 밝았고, 마법과도 같은 힘을 갖고 있었다. 밤바다 위로 끝없이 펼쳐진 하늘을 바라보고 있노라면, 영원에서 떨어져 나온 파편이 영혼을 관통한 듯 모든 것이 더없이 아득하게 여겨졌다. 안톤은 기둥에 기대앉아 파도에 몸을 맡겼다. 럼주와 청명한 밤기운에 취해서 물결의 움직임에 따라 상승과 하강을 반복하다 보면, 어느새 잡념이 사라지고 머리가 맑아졌다. 눈가리개가 벗겨지며, 참된 나 자신이 보이고 의식이 확장되는 시간이었다. 오감이 내면으로 향하며 외부 세계가 지워지기도 했다. 쉽게 경험할 수 없는 이 초절정의 황홀감 속에서 안톤은 매일 밤 꿈도 없는 깊은 잠에 빠져들었다. 항해 중에 표류하는 빙산과 만난 날에는 낡은 돛배에서 평생을 산 사람처럼 빙산에게 다정한 인사를 건네기도 했다. 귀가 따갑도록 빙산 이야기를 들어서였다. 올슨 선장은 상당히 바빴다. 그는 망루에 올라 보랏빛으로 물든 코끝을 하늘 높이 쳐들고 대기의 냄새를 맡았다. 후진과 회전을 반복해 지시하며 선로를 확보했고, 얼음이 얼지 않은 물고랑을 따라 선체가 부드럽게 이동하도록 했다. 중간중간 키잡이에게 찰진 욕설을 퍼부으며, 그는 뚝심 있게 서쪽을 향해 나아갔다. 안톤은 망루 아래의 철제 사다리에서 선장이 하는 온갖 욕을 머릿속으로 받아 적었다.

모험의 절정은 육지가 보인다는 외침과 함께 시작되었다. 이른 아침이었고, 안톤은 식당에서 커피를 마시고 있었다. 그때 망을 보던 남자가 고함을 쳤다. 이 외침은 키잡이를 거치며 더욱 거세졌고, 식당 문을 박차고 들어와 안톤의 귀를 후려쳤다. 안톤은 총알처럼 뛰어나가 갑판을 가로질렀다. 그리고 순식간에 돛대 끝에 달린 망루까지 기어 올라갔다.

저 멀리, 육지가 보였다. 우람한 산맥은 봉우리를 하늘 높이 밀어 올리고, 대륙 빙하는 짙푸른 바다를 뚜껑처럼 덮고 있었다. 반짝이는 호수 위로 검은 피오르가 길게 늘어서 있었다. 경이로운 풍경에 항해 중 배운 욕설이 튀어나올 지경이었지만, 안톤은 욕구를 억눌렀다. 올슨 선장이 불쾌하게 여길지도 몰라서였다.

항해는 모든 면에서 나무랄 데 없이 완벽했다. 그런데 핌불 오두막에 도착한 이후, 상상도 못 한 현실이 솜이 불처럼 그의 꿈을 무겁게 짓눌렀다. 안톤은 여행 내내 사냥 기지를 두고 온갖 상상을 했는데, 그때마다 자연스럽게 깨끗한 집과 아름다운 풍경처럼 판에 박힌 모습을 떠올렸다. 그러나 실제 상황은 상상과 전혀 달랐다. 생각지도 못한 난관이 그를 기다리고 있었다. 제일 처음 마주한 난관은 추위였다. 과부의 회색 베일처럼 핌불산 절벽에 걸린 짙은 안개와 차고 습한 공기가 뼛속을 파고들었다. 두 번째 난관은 가공할 만한 불결함이었다. 그는 북극을 오염되지 않은 땅과 바다, 공기가 있는 청정 지역이라고 믿었다. 그런데 해변에서 오두막까지 가는 동안 그가 발견한 것은 반백 년은 되어 보이는 녹슨 깡통과 부서진 상자, 하얗게 화석화된 개똥, 화덕에서 나온 재와 그 찌꺼기였다. 길가는 물론이고 안개 너머로 보이는 먼 곳들도 마찬가지였다. 안톤은 너무 놀라 입을 다물지 못했다.

기지 대장의 모습도 출발 전 상상하던 것과는 정반대였다. 밸프레드라는 이름의 늙수그레한 기지 대장은 북극의 영웅과는 상당히 거리가 멀어 보였다. 나이도 많고, 냄새가 났으며, 혼잣말을 일삼았고, 이층 침대의 위 칸에서 종일 코를 골며 시간을 허비했다. 선하고 상냥한 사람이기는 했다. 그러나 여러모로 무능력했다. 눈곱 낀 눈에서는 강인한 정신력과 불굴의 의지가 엿보이지 않았다. 그는 그저 낡고 더러운 오두막처럼 간신히 서 있는 노인에 불과했다. 안톤은 그가 사냥 회사의 명예를 실추시킨다고 생각했다.

　처음에 안톤은 다른 기지의 상황은 밸프레드와 핌불 오두막과 다를 것이라고 믿었다. 하지만 그것도 다른 사냥 기지를 방문하기 전에 했던 혼자만의 착각이었다. 안톤은 꿈에 매달렸다. 그리고 핌불에서 지내는 일을 북극 영웅으로서 감내해야 할 시련이라 여기고 스스로를 위로했다. 그렇다고 일을 등한시한 것은 아니었다. 밸프레드의 허락을 얻어 집 근처를 청소했고, 지시에 따라 여우 덫을 만들었고, 개들과 친해졌다. 개들은 그가 곧 떠나게 될 위대한 여행에 없어서는 안 될 존재였다. 안톤은 용감한 청년이었다. 용기 있게 2년 계약으로 북극에 왔고, 내다 팔아도 남을 정도로 인내심이 많았으며, 뭐든 의심 없이 뛰어드는 긍정적인 성격이었다. 그런데 핌불에 도착한 뒤 몇 달 만에 변했다. 안톤은 밸프레드를 대하듯 자기 자신을 벌레처럼 여겼다. 겉으로 보기에는 일도 꽤 잘하고 다정다감했지만, 이전보다 과묵하고 내성적으로 바뀌었다. 같이 있어도 전혀 재미가 없었다. 이러한 동료의 변화에도 밸프레드는 아랑곳하지 않았다. 겨울이면 늘 그렇듯 동면에 들어갔고, 잠에서 깨어난 다음에도 경이로울 만큼 잘 지냈다. 그는 자기 대신 사냥 도구를 관리해주는 사람만 있으면 얼마든지 행복할 수 있는 사람이었다. 안톤은 연안의 신참으로 타성에 젖지 않았는데, 타성이란 같은 일이 여러 번 반복된 후에야 생겨나는 것이기에 당연한 이치였다. 그래서 밸프레드는 안톤에게 덫을 점검하는 일까지 떠맡겼다. 처음에는 스승이라는 이름에 걸맞게 덫을 함께 살펴보며 자세한 설명을 해주었지만, 곧 혼자서 해결할 수 없는 일이 아니면 깨우지 말라고 말해두곤, 이층 침대 위 칸으로 올라갔다.

안톤은 덫이 놓인 곳을 돌아보며 그럭저럭 겨울을 보냈다. 그런데 언젠가부터 핌불 오두막으로 돌아갈 때마다 기분이 돌변했다. 밸프레드는 그런 그를 데리고 비요르켄보르의 친구들과 게스 그레이브의 헤르베르트를 만나러 갔다. 기분을 풀어주기 위해서였다. 여행이 끝나면, 몇 주간 안톤의 얼굴에 생기가 되살아났다. 그런데 봄이 되자 문제가 달라졌다. 남쪽 하늘에 희끄무레한 빛이 되돌아오면서 번뇌가 시작된 것이다. 처음에는 여자 문제로 괴로웠다. 그러나 시간이 지날수록 잃어버린 꿈이 그를 힘겹게 했다. 매일 같은 일상이 반복됐다. 추위에 떨며 덫을 점검하는 긴 여행도 언제나 똑같았다. 덫 주변에 쌓인 눈을 삽으로 걷어내고, 덫을 다시 세우고, 미끼를 던지고, 배낭에 죽은 여우를 쑤셔 넣고, 다음 덫을 향해 다시 길을 떠나는 것. 텐트나 사냥 오두막에서 얼음처럼 차가운 밤을 보내고, 커피와 쌀 전병을 먹고, 어둠 속에서 침낭을 빠져나와 한낮에도 깜깜한 계절 동안 이곳에서 저곳으로 이동하고, 어둠 속에서 다시 텐트를 치고, 어둠 속에서 다시 잠들고, 영원히 지속되는 어둠 속에서 또 한 번의 아침을 맞는 것.

사실, 안톤이 극야를 의식하기 시작한 것은 빛이 돌아온 뒤부터였다. 빛의 귀환으로 말미암아, 핌불 오두막과 관련된 모든 것이 지긋지긋하게 여겨졌다. 밸프레드의 코 고는 소리는 생각만으로도 짜증이 났고, 여우 가죽을 벗겨 판자에 널고 화덕에 말리는 일도 지겨웠다. 요리, 개 썰매 관리, 심지어는 잠자는 것까지 귀찮았다. 여기 어디에 북극 영웅의 꿈을 실현할 자양분이 있는가? 안톤은 몇 시간이고 새까만 창밖만 내다보았다. 그는 외로웠고, 스스로가 비참하다고 생각했다. 그저 울고만 싶을 때도 많다. 꿈 없이는 살 수 없는 안톤에게 참으로 견디기 힘든 시간이었다. 북극은 끝없는 발견의 연속이어야 했다. 이렇게 평범한 일상의 반복이 아니었다. 물론 배운 것이 아예 없지는 않았다. 사냥을 하고, 털가죽을 벗기고, 개들을 따라 달리고, 쌀 전병을 만드는 것이 바로 그것이었다. 하지만 전부 다 한 번 배우고 나면 더 깨우칠 것도 없는 일이었다. 북극까지 와서 배운 것이 고작 이것밖에 안 된다니, 도저히 믿고 싶지 않았다. 안톤은 밸프레드와 달리 바라는 것이 많은 남자였다. 그날이 그날 같은 하루와 그런 날들로 채워지는 1년을 받아들일 수 없었다. 결국 그는 책에서 읽은 내용과 반대되는 삶은 북극의 삶이 아니라고 결론지었다. 그가 꿈꾸던 북극의 삶은 위업 없이는 달성될 수 없었다. 대업을 이루고 극적으로 귀환하는 영웅의 사내다운 모습 없이는 완성되지 않았다.

안톤의 삶은 지나치게 단순했다. 인간이 어떻게 체온을 따뜻하게 유지하고 배부르게 먹는 것만으로 만족할 수 있단 말인가? 다른 사냥꾼들은 이 두 가지가 해결되면 마음 편히 살겠지만, 안톤은 아니었다. 그는 꿈과 현실 사이에서 천천히 죽어갔다. 그럼에도 그는 왜 사냥을 나가야 하는지 알았다. 왜 썰매 뒤를 따라 달려야 하고, 눈 덮인 계곡을 올라야 하며, 엎치락뒤치락 썰매와 씨름하면서 넓디넓은 빙원을 가로질러야 하는지 누구보다도 잘 알았다. 목이 터져라 개들에게 욕설을 퍼부어야 하는 이유도, 총에 맞은 사향소와 폐가 찢어져라 추격전을 벌여야 하는 이유도, 포획한 짐승을 캠프까지 직접 끌고 와야 하는 이유도 알았다. 모두 체온을 유지하고 주린 배울 채우는 데 필요한 일들이었다. 하지만 다른 사람을 위한 것일 뿐 그 자신을 위한 일은 아니었다.

그는 꿈을 포기할 수 없었다. 지금은 먹고사는 일에 바쁘지만, 언젠가는 자기도 북극 영웅의 하나로 손꼽힐 날이 올 것이라 믿었다. 물론 그의 업적은 다른 시대, 다른 영웅들의 활약에 필적하지 못할 수도 있었다. 안톤은 용기를 얻고 싶었다. 그러려면 사람들이 그를 주목하고, 그의 말에 귀를 기울이고, 그의 존재를 존중해주어야 했다. 그러나 게스 그레이브의 헤르베르트를 제외하고는 아무도 그의 말에 콧방귀조차 뀌지 않았다. 밸프레드도, 그가 만난 다른 사냥꾼들도 모두 마찬가지였다. 폭풍이 몰아치던 날, 썰매 밑에 숨어서 어떻게 초콜릿 한 조각만으로 이틀을 버텼는지 말했을 때도 죄다 거북한 표

정만 지을 뿐, 별다른 호응이 없었다. 인테르곳에서 오리
사냥용 엽총으로 곰을 잡은 이야기에도 다들 걱정스러
운 얼굴로 헛기침만 해댔다. 그가 무슨 말을 하든 마찬
가지였다. 간혹 놀란 듯이 넙데데하고 불그죽죽한 얼굴
로 멍청한 표정을 짓기는 했지만, 얼마 지나지 않아 안
색을 바꾸며 따분해했다. 결국 안톤은 입을 다물게 되
었다. 고향 글로스트루프로 돌아간 뒤에도 절대로 입
을 열지 말자고 다짐했다. 사실 그의 고향 사람들은 스
카겐 위에 뭐가 있는지도 몰랐다. 다들 덴마크의 최북단
인 스카겐 위로는 아무것도 없다고 생각했다. 그런 사
람들에게 이해를 구하는 것만큼 어리석은 일도 없었다.
괜히 입을 열었다가는 남의 말에 잘 속는 순진한 사람
취급을 받거나, 허풍쟁이로 낙인찍힐 게 뻔했다. 언젠가
벨프레드는 안톤의 말에 시큰둥한 반응을 보이는 사냥
꾼들의 태도에 관해 이런 말을 한 적이 있었다.

"친구, 자기가 이룬 업적이나 성공에 관해 떠벌리는
건 긴 겨울밤, 시간을 죽이기에 좋아. 이왕이면 다른 사
람들이 경험하지 않은 참신한 얘기면 더 좋고. 그런데 그
런 경험은 시간이 가면 서서히 얻어지는 거잖아. 안 그래?
너도 알겠지만, 여기 사는 사냥꾼들은 산전수전 다 겪
은 사람들이야. 무슨 소린지 알지? 잘 모르겠거든 그냥

그러려니 해. 나중에 알게 될 날이 올 테니까.”

그나마 헤르베르트를 만나 다행이었다. 안톤은 밸프레드와 함께, 한 사냥꾼과 동거 중이라는 수탉을 구경하기 위해 게스 그레이브 사냥 기지를 방문했다가 헤르베르트를 만났다. 이후 이 여행은 안톤에게 진귀한 보물이 되었다.

헤르베르트는 이해심이 많았다. 안톤과 소통이 가능할 정도로 지식수준도 높았다. 생활에 필요한 모든 것을 독학으로 깨우쳤고, 통찰력도 뛰어났다. 거기다가 인상까지 독특했다. 안톤은 그런 그를 북극에서 만나볼 가치가 있는 유일한 사람이라고 여겼다. 이것이 안톤이 여행을 마치고 얼마 지나지 않아 밸프레드를 떠나 헤르베르트의 집으로 이사를 간 이유였다.

두 사람의 관계는 질의응답을 주고받으며 한동안 훌륭히 유지되었다. 안톤은 이 만남을 자신의 학문적 소양을 마음껏 뽐낼 기회로 삼았다. 헤르베르트도 마찬가지로, 다년간 집에서 혼자 쌓은 학식을 자랑했다. 이들은 서로의 지식에 감탄하며 행복한 나날을 보냈다. 안톤의 꿈도 활기를 되찾고 무대 앞에 다시 등장했다. 헤르베르트는 안톤 페데르센을 진심으로 이해하고, 그가 연안에서 이룬 업적을 높이 평가하는 사람이었다. 동상에 걸린 코끝을 보고 놀라는 사람도, 곪아 터진 손가락을 보고 걱정해주는 사람도 헤르베르트 하나였고, 좋은 일에 기탄없이 축하해주고, 안톤의 말에 귀를 기울여주고, 적절한 대답까지 해주는 사람도 그뿐이었다. 헤르베르트와의 만남은 안톤을 다시 그 자신이 되게 하고, 꿈과 한 몸이 되게 했다. 어쨌거나 한동안은 그랬다.

안톤은 밸프레드의 집에서 한 해 겨울을 난 다음, 이듬해 겨울을 헤르베르트 집에서 보냈다. 이후 올슨 선장과 계약을 갱신하고 세 번째 겨울을 맞이했다. 자기 자신과 헤르베르트를 위해 북극 영웅의 역할을 조금 더 해보겠다고 결심한 것이다. 헤르베르트는 안톤의 결정을 당연하다는 듯 존중했다. 두 사람은 서로에게 관심이 많았고, 그 관심을 바탕으로 서로에게 훌륭한 동료가 되었다. 더욱이 헤르베르트에게는 안톤의 존재가 남달랐다. 애지중지 키우던 닭 알렉산드르가 죽은 뒤 무척 외로웠기 때문이다.

경험 많은 사냥꾼들 사이에서는 세 번째 겨울이 제일 견디기 힘든 것으로 통했다. 정상적인 여건이라면 첫해 겨울은 뭐든 새롭고 배울 것도 많아서 빨리 지나갔다. 두 번째 겨울도 크게 다르지 않았다. 알아야 할 것도, 새롭게 발견할 지역도, 만나야 할 사냥꾼도 아직 많이 남아 있기 때문이었다. 반면, 세 번째 겨울은 상당히 위태로웠다. 이쯤 되면 제법 굵직한 경험이 쌓여서 다들 자신의 경험을 대단하게 여겼다. 살얼음판 위에서도 거뜬히 설 수 있다는 자만심이 고개를 들어 하루를 한 주처럼, 혹은 한 달처럼 한없이 길게 느꼈다. 일상에서 벌어지는 일들도 어느 단계까지는 늘 고만고만해서, 지나치게 느리고 은밀한 겨울밤의 박동을 의식하게 되었다. 조용히 덫을 살피는 날이나, 악천후로 오두막에 갇혀 고역을 치르는 날에는 견디기 힘든 불안감이 엄습해, 허기진 영혼에게 또 다른 자양분을 갈구하도록 종용했다.

안톤에게는 이러한 허기가 빨리 찾아왔다. 똑같은 하루가 반복되며 삶이 극도로 단순해지자, 밸프레드의 집에서 살던 시절 그를 괴롭힌 좌절감이 다시금 고개를 든 것이다. 영웅 행세를 하는 평범한 학생 안톤 페데르센이 남았고, 북극의 영웅은 또다시 자취를 감추었다. 헤르베르트의 철학적 장광설도 지겨웠고, 자기가 내세우는 논거도 공허하게 들렸다. 어느새 안톤은 냉소적이고, 괴팍하고, 불평불만이 많은 사람이 되었다. 별다른 이유 없이 얼굴을 찌푸리고 다니는 날도 많았다.

한편, 헤르베르트는 안톤의 변화를 담담히 받아들였다. 북극에서 세 번째 해를 맞으며 사람들이 어떻게 변하는지 여러 번 봐왔기 때문이다. 그는 안톤에게 약간의 자극이 필요하다고 생각했다. 그래서 하우나로 여행을 다녀오자고 제안했다. 하우나는 예전에 할보르가 닐스 노인을 잡아먹은 곳으로, 지금은 아이슬란드 태생의 피오르두르가 살고 있었다. 안톤은 여행을 가지 않겠다고 고집을 부렸다. 연안의 다른 사냥꾼들처럼 피오르두르도 멍청이라서, 바보네 집으로 놀러 갈 바에야 집에 남아 일이나 하겠다는 이유였다.

안톤의 세 번째 극야는 가혹했다. 북극의 영웅은 머릿속에서 지워졌고, 오직 태어난 나라에 대해서만 생각했다. 안톤은 북극에 소속된 모든 것을, 특히 동그린란드와 관계된 것은 뭐든 악으로 간주했다. 반면, 조국인 덴마크를 웅대한 유틀란트, 눈부신 섬, 특별한 그로스트루프로 나누어서, 연관된 모든 것을 신처럼 숭배했다. 덴마크 외에는 생각하지도, 말하지도, 꿈꾸지도 않았고, 우수에 찬 눈으로 온종일 추억 속을 뒹굴었다. 향수병은 곧 편집증으로 이어졌다. 매일 밤, 그는 포장지로 사용한 철 지난 신문에서 고국과 관련된 기사를 오려 모으며 모국을 연구했다. 등불 아래서 수집한 기사를 읽으며 흩어진 과거의 파편에 열광했다. 주식 시세로 눈을 호강시켰고, 1년 반 전 아센스 영화관의 상영 일정을 훑으며 짜릿한 희열을 느꼈다. 며칠 뒤에는 에트루리아 도자기를 주제로 한 스물여섯 줄의 보고서를 줄줄 외기까지 했다. 헤르베르트는 끝까지 의연함을 잃지 않은 채, 안톤이 무슨 말을 하든지 흥미롭다며 맞장구를 쳐주었다.

신문이 떨어지자 이번에는 상표 연구가 시작되었다. 박스, 케첩 병, 커피 포장, 피클 병, 술병, 붉은색 순무 절임 병 등 종류도 다양했다. 안톤은 온갖 잡동사니를 식탁 위에 늘어놓고 상표를 소리 내어 읽었다. 올보르, 호르센스, 바이엔 같은 지명이 나오면 괜스레 기분이 좋았다. 코펜하겐, 로스킬레, 힐레뢰드 같은 도시 이름을 읽을 때는 행복감에 얼굴에서 빛이 났다. 꼭 한 번, 글로스트루프를 발견한 날에는 감격해서 목소리가 갈라지고 눈에 눈물이 고였다.

상황이 이쯤 되자, 헤르베르트도 말을 하지 않았을 뿐 괴롭기는 마찬가지였다. 북극에서 세 번째 겨울을 보내는 사람들과 그들의 변덕을 수없이 봐왔지만 이렇게까지 심각한 적은 없었다. 안톤의 미친 짓이 절정에 달할 날을 생각할 때면 두려움이 엄습했다. 그럼에도 불구하고 시간은 흘러갔다. 마침내 2월, 우려하던 바가 현실이 되었다.

그날 안톤은 온종일 창문 앞에 의자를 가져다 붙이

고 앉아 꼼짝하지 않았다. 때 긴 타일에 시선을 고정한 채 몇 시간째 그대로였다. 그러던 그가 화덕에 대고 반죽을 주무르고 있는 헤르베르트 쪽으로 몸을 돌렸다.

"헤르베르트." 안톤이 작은 목소리로 말했다. "할 말이 있어."

"그래? 뭔데? 얘기해봐." 헤르베르트는 반죽에서 손가락을 떼어내고 안톤을 향해 돌아섰다.

"헤르베르트." 안톤이 몇 차례 헛기침을 하고 고백했다. "나는 사는 게 지겨워. 더는 이렇게 살고 싶지 않아. 그래서 결심했어. 전부 다 끝내기로."

헤르베르트는 당혹감을 감추지 못하고 턱수염을 긁었다. 그 바람에 손가락에 묻어 있던 밀가루가 입가에 하얗게 번졌다. 불길한 예감과 함께 최악의 상황이 떠올랐지만, 살고 죽는 문제는 개개인에게 결정권이 있으므로 뭐라고 말할 수가 없었다.

"어…… 그렇게 힘들어?" 헤르베르트가 말을 더듬었다.

"응. 아주 많이." 안톤은 그렇게 말하며 침울한 표정으로 동료를 돌아보았다. "어느 정도인지 넌 상상도 못할 거야. 그래서 끝내기로 했어. 말릴 생각은 마. 이미 결정한 일이니까."

헤르베르트는 어깨를 한 번 으쓱하고, 다시 빵 반죽에 몰입했다.

"알았어. 하고 싶은 대로 해. 그런 건 내가 이래라저래라 할 문제가 아니지."

두 사람은 한동안 말이 없었다. 헤르베르트는 다 치댄 밀가루 덩어리를 석탄 상자 위에 올려놓고 손을 씻었다. 반죽을 부풀리기 위해서였다. 안톤은 다시 의자에 앉아 타일 바닥에 시선을 고정했다. 빵을 화덕에 넣을 때가 되어서야 헤르베르트가 침묵을 깨고 입을 열었다.

"네가 큰 결심을 했다니까 말하는 건데, 한 가지만 부탁해도 될까? 난 네가 결정을 실행에 옮기기 전에, 남겨질 사람을 조금만 생각해줬으면 좋겠어."

헤르베르트는 파이프를 꺼내 담뱃잎을 꾹꾹 눌러 담았다. 안톤이 고개를 갸우뚱거리며 물었다.

"그게 무슨 소리야?"

"그러니까, 내 말은…… 조금만 배려해달라는 거야. 말하자면 깔끔하게 처리해달라, 뭐 이런 거지. 나중에 치울 게 많지 않도록. 옛날에 벨프레드와 같이 살던 친구가 대들보에 목을 맨 적이 있어. 타인을 배려한 우아한 죽음이었지. 내가 들은 바로는 에스키모는 죽을 때 빙하에 간대. 이것도 꽤나 세련된 방법인 것 같아. 제일 좋은 건 크레바스 속으로 뛰어내리는 거고. 시체를 찾을 수 없으니 남은 입장에서는 완벽한 셈이지."

안톤은 고개를 끄덕였지만, 생각에 빠져 헤르베르트의 말을 귀담아듣지 않았다. 헤르베르트는 안톤이 불쌍했다. 저렇게 젊은데 벌써 인생을 끝내다니! 젊을 때는 생각이 너무 많아서 가끔 이런 식으로 일이 틀어지기도 했다. 모래주머니를 오래, 그것도 너무 많이 달고 다니면 지치지 않는 사람이 없다. 지식을 추구하는 일도 마찬가지였다. 배움은 축복이지만, 한꺼번에 깨우치기보다는 하나씩 천천히 알아나가는 편이 나을 때도 많았다. 젊을 때는 모르는 게 나은 것도 있고, 나이가 들어서야 아는 것도 있었다. 헤르베르트는 젊은 시절에는 투쟁을 해야 한다고 생각했다. 젊을 때는 도전할 것도, 정복할 것도 많아서였다. 게다가 똑똑한 사람은 아무 얼음이나 밟지 않았다. 올라서도 될 만큼 얼음이 충분히 두껍고 단단하게 얼었다고 판단될 때에만 앞으로 걸음을 뗐다. 헤르베르트는 고개를 흔들었다. 안톤처럼 제대로 살아보기도 전에 인생을 포기하는 청년들을 이해할 수 없었다.

"언제쯤 할 건데? 나도 준비를 해야지. 앞으로는 사냥도 혼자서 해야 할 텐데. 안 그래? 참, 그전에 미리 말해둘 게 있어. 난 네가 여름에 없어졌으면 좋겠어. 겨울보다는 그편이 나한테 좋거든.”

안톤이 의자에서 몸을 일으켰다. 그러고는 손마디가 하얗게 될 때까지 두 손을 모아 잡았다.

“응, 나도 그럴 생각이었어. 다음에 배가 들어오면 가려고 했거든.” 안톤이 속삭였다.

“알았어. 딱 좋아.”

헤르베르트는 안도의 한숨을 내쉬었다. 배가 올 때까지 안톤이 카미크*를 벗지 않고 기다려만 준다면, 그로서는 반대할 이유가 없었다. 이 정도면 겨울 사냥을 마무리할 시간도 충분했고, 시신을 베슬 마리호에 실어 코펜하겐에 보낼 수도 있었다. 헤르베르트는 안심한 듯 양손바닥을 마주 비볐다.

“안톤, 현명하고 사려 깊은 선택이야. 시기적으로 아주 좋아. 네가 그렇게 오래 기다릴 수 있다니 나도 기뻐. 솔직히 시체를 어떻게 치워야 할지 걱정했거든.”

“시체? 무슨 시체?” 안톤이 놀란 얼굴로 헤르베르트

---

* 에스키모 사람들이 신는 방한 부츠로, ‘카미크를 벗다’라는 표현은 죽음을 의미한다.

를 쳐다보았다.

"……아, 화장할 생각이었어?" 헤르베르트가 웃으며 슈냅스*를 가져왔다. "난 그 생각은 못 했어. 어쨌거나 이런 날에는 한잔해야지. 안 그래? 우리한테도 그만한 권리는 있으니까. 뭐, 사는 게 다 그렇지만." 잔을 들어 올리며 헤르베르트가 소리쳤다. "자살 지원자 양반, 건배! 살아 있는 동안은 실컷 마셔야지."

안톤이 침울한 표정으로 멍하니 눈앞을 응시했다.

"그럼 난 못 마셔. 난 이미 죽었으니까."

잠시 후, 안톤은 잔에 든 술을 단숨에 들이켰다.

"아냐, 글로스트루프로 돌아가면 모든 게 달라질 거야. 내가 다시 살아날 테니까."

"뭐라고?" 동료의 빈 잔을 채우기 위해 술병을 집어 들던 헤르베르트가 행동을 멈추고 안톤을 쳐다보았다. "방금 글로스트루프라고 했어?"

안톤이 고개를 끄덕였다.

"맞아. 글로스트루프. 거기야말로 살아볼 가치가 있는 곳이니까. 그러니까 너무 걱정 마. 배가 오는 대로 군

---

* 증류하여 만든 과실주.

말 않고 떠날 테니까."

"뭐야, 그런 뜻이었어?" 헤르베르트가 술병 마개를 다시 닫았다. "제길, 그럼 건배할 일이 없잖아. 내가 오해를 했어. 네가 숨통을 끊고 싶어 하는 줄 알았거든. 덴마크로 돌아가겠다는 뜻인 줄도 모르고." 그는 술병을 찬장에 집어넣으려다가 말고 갑자기 고개를 획 돌렸다. "아냐, 생각을 조금만 달리하면 그게 그거지. 안 그래?"

두 사람이 위와 같은 대화를 나눴을 때는 아직 춥고 어두운 2월이었다. 베슬 마리호가 최대한 빨리 온다고 해도 8월이었기에, 두 사람은 그때까지 기다려야 했다. 그런데도 안톤은 벌써부터 떠날 준비를 했다. 정성껏 옷을 빨고, 면도를 하고, 다락에서 여행 가방을 끌어 내렸다. 헤르베르트는 조용히 할 일을 하면서 안톤이 무슨 짓을 벌이든 관여하지 않았다.

봄이 오자, 비요르켄보르와 바람의 오두막 주민들이 헤르베르트와 안톤을 찾아왔다. 방문객들은 침대 앞에 놓인 안톤의 꽉 찬 여행 가방을 보고 깜짝 놀랐다. 가방 주인은 말끔히 면도까지 마친 상태였다. 무슨 일인지 궁금했지만, 안톤은 별다른 설명이 없었다. 헤르베르트도 말이 없기는 마찬가지였지만, 대신 윙크를 하며 손가락

하나를 이마에 가져다 댔다. 그제야 모두는 알겠다는 듯 고개를 끄덕였다.

비요르켄은 비요르켄보르에서 송별회를 갖자고 넌지시 제안했다. 베슬 마리호가 남부 연안의 보급품을 내리는 곳이 비요르켄보르였기 때문이다. 낮짝은 코펜하겐으로 보낼 편지가 몇 통 있는데 전해줄 수 있는지 물었다. 안톤은 배가 출항하기 전까지 그가 편지를 완성한다는 조건을 붙여 수락했다. 레우즈는 열대용 모자를 주겠다고 약속했다. 북극에서 몇 년을 보낸 사람에게는 아랫동네의 무더운 태양이 형벌처럼 느껴진다는 이유였다. 그리고 모자를 담을 두 겹짜리 상자를 만들어 게스그레이브로 보내겠다고 말했다. 시워츠는 부드러운 두루마리 화장지 쉰 개를 보내 달라고 부탁했고, 기어이 안톤의 확답을 얻어냈다.

안톤은 친구들의 요청을 일일이 노트에 받아 적었다. 동료들의 방문에 기운이 났는지, 아무 일도 없었다는 듯 내내 즐거운 얼굴로 종달새처럼 떠들기도 했다. 그러나 헤르베르트와 단둘이 남은 다음에는 다시 예전의 우울한 학생으로 돌아와 현실을 외면하고 꿈에 매달렸다.

안톤은 5월에야 떠날 준비를 마쳤다. 여행 가방을 무

려 넉 달이나 꾸리면서 청년의 뺨은 움푹 파였다. 우수 어린 두 눈에도 깊은 그늘이 졌다.

태양은 이제 밤낮을 가리지 않고 하늘에서 노닥였다. 안톤은 이따금 스벤슨의 혹으로 올라가 배가 오는지 살폈다. 스벤슨의 혹은 기지 뒤에 솟은 나지막한 돌산이었다. 그는 바위에 앉아 수평선 위로 가느다란 연기 기둥이 피어오르는 순간을 상상했다. 그럴 때면 가슴이 두근거리고 짜릿한 쾌감을 느꼈다. 어찌나 열렬히 상상했는지, 눈을 감으면 그 광경이 선명하게 그려질 정도였다. 침대에 누워서도 게스 그레이브로 배가 도착하는 장엄한 광경이 머릿속을 떠나지 않았다. 헤르베르트는 그런 안톤을 보고 약도 없는 몽유병에 걸렸다며 혀를 찼다. 흰멧새가 나타나기 전까지, 안톤은 이렇게 현실을 떠나 환상에 빠져 살았다.

흰멧새는 아침 일찍 찾아왔다. 경쟁자들보다 목적지에 먼저 도달하고 싶어 안달이 난 어린 녀석이었다. 새는 안톤의 부츠 앞에 내려앉아 움직이지 않았다. 몹시 지친 듯했다. 아이슬란드를 떠나 눈과 폭풍우, 추위를 뚫고 줄곧 북동쪽을 향해 날아왔으니 피곤할 법도 했다. 잠시 후, 휴식을 취하고 기력을 회복한 새가 재잘대기 시작했다. 지평선을 살피던 안톤은 새에게로 시선을 돌렸다. 시끄러운 생각이 들어서였다. 그가 헛기침을 하자, 새는 겁을 먹고 몇 차례 날개를 파닥였다. 하지만 곧 부리로 깃털을 다듬더니 평화로운 노래를 불렀다. 이 아름다운 새의 지저귐이 안톤의 가슴속으로 파고들었다. 그리고 베슬 마리호에서 보낸 수많은 밤을 떠오르게 했다. 안톤은 자신이 사라지고 드넓은 바다와 하나가 되던 물아일체의 황홀경을 기억해냈다. 아, 봄! 그제야 안톤은 봄이 왔음을 깨달았다. 북극에서 맞이하는 세 번째 봄이었다. 생애 처음 맞이하는 봄이기도 했다. 순간, 안톤의 심장이 세차게 요동쳤다. 뭐든 말하려 입술을 달싹였지만, 아무 말도 나오지 않았고, 심장박동 외에는 어떤 소리도 들리지 않았다.

북극의 봄! 안톤은 당혹감에 손가락으로 머리카락을 흐트러뜨렸다. 그런 다음, 흰멧새의 발자국 위로 시선을 옮겼다. 새의 발자국은 보일 듯 말 듯 작고 희미했다. 안톤은 새의 발자국에서 그가 걸어온 여정을 엿보았다. 한때 그를 온통 사로잡았던 꿈도 그 안에 들어 있었다. 현실에서 달아나 북극의 영웅이 되고자 했던 꿈, 꿈속에서 꾸었던 또 하나의 꿈! 흰멧새가 남긴 발자국은 분명 작고 보잘것없었지만, 그런 것은 하나도 중요하지 않았다. 중요한 것은 흰멧새가 안톤 앞으로 펼쳐진 눈

밭에 발자국을 찍기 위해 수천 킬로미터를 날아왔다는 사실이었다.

안톤은 무엇이 새를 이곳까지 이끌었는지 알 것 같았다. 그 순간, 의식의 문이 열리며 사막처럼 황량하기만 했던 풍경이 환상적인 매력을 발산했다. 안톤은 얼음으로 뒤덮인 바다와 육지를 바라보았다. 우뚝 선 산이 내면을 북돋워주었고, 그의 영혼은 영원 속에서 다시 부풀어 올랐다. 산 아래 쌓인 눈은 여인의 봉긋한 둔부처럼 매혹적이고 감미로웠다. 눈 녹은 산비탈을 다갈색으로 물들이며 오솔길이 띠를 이루었고, 높이 솟은 산봉우리들은 교회의 종탑마냥 하늘을 향해 기지개를 켜고 있었다. 안톤은 태어나 처음으로 내면세계를 여행했다. 아무것도 보이지 않았고, 아무것도 들리지 않았으며, 아무것도 기억나지 않았다. 그는 육체를 떠나 깊은 골짜기와 둥근 하늘 어디쯤을 마음껏 유영했다. 그리고 그곳에서 최상의 자유를 맛보았다. 늘 꿈꾸어오던, 갈구해 마지 않던 자유이자, 지난 3년간 북극이 그에게 선물한 자유였다.

어느새 안톤은 흰멧새가 가족처럼 친숙하게 여겨졌다. 새도 같은 마음인 듯 거리낌 없이 다가와 작은 부리로 그의 신발 끝을 쪼아댔다. 안톤은 새에게서 눈을 돌려 자신이 사는 지역을 응시했다. 처음 보는 것처럼 모든 것이 경이롭기만 했다.

멀리 발아래로 게스 그레이브의 오두막이 보였다. 헤르베르트가 겨울에 잡아들인 여우 가죽이 건조대 위에 나란히 널려 있었다. 오두막 뒤로는 깔때기 모양의 골짜기가 연어 호수까지 이어졌다. 그곳에서 그는 자기 자신과 싸웠다. 화도 냈고, 꿈도 꾸었다. 혹독한 기후를 견디며, 허벅지까지 푹푹 빠지는 눈 더미 속에서 고집 센 개들과 여러 날을 보내기도 했다. 악몽처럼 끔찍한 여행도 있었지만, 고통은 언제나 견딜 수 있을 만큼만 주어졌다.

안톤은 숨을 깊게 들이마셨다. 종전만 해도 그를 가두고 있던 산들이 지금은 그를 비호하는 듯했다. 종전만 해도 불가능한 것을 꿈꾸던 그가 지금은 꿈의 부재에 행복해했다. 그는 주변을 둘러보았다. 그러자 깊은 안도감과 함께 비로소 집으로 돌아왔다는 느낌이 들었다.

안톤은 자리를 털고 일어났다. 장시간 움직이지 않은 탓에 팔다리가 잔뜩 굳었다.

"노래 고마워. 훌륭한 교훈이었어."

몇 미터 떨어진 바위 위에서 졸고 있는 흰멧새에게 그가 인사를 건넸다.

산에서 내려오는 길, 그의 심장은 더욱 세차게 고동쳤
다. 사랑하는 사람에게 달려가는 것 같은 기분이었다.
헤르베르트는 오두막 앞에서 흰 가루를 사방으로 날리
며 여우 가죽에 감자 전분을 뿌리고 있었다. 안톤은 그
에게 윙크를 하고 집으로 들어갔다. 그리고 꽁꽁 싸두
었던 여행 가방을 풀었다.

빗나간 총알

우연이라는 이름의 선물

백곰이라고 해서 전부 겨울에 어딘가 들어가 있는 것은 아니다. 동면에 든 곰이라고 전부 겨우내 잠을 자는 것도 아니다. 1년 중 가장 춥고 어두운 시기에도 겨울잠에 들지 못하거나, 빛이 돌아오기도 전에 잠에서 깨어나 혼자 배회하는 곰들이 있다.

겨울잠을 자지 못해 사나워진 곰이 시워츠를 덮친 것은 사냥 오두막인 절벽 빌라에서 몇 킬로미터 떨어진 곳에서였다. 이 자체만으로도 굉장히 놀라운 사건이었다. 그린란드에서는 곰이 먼저 인간을 습격하는 경우가 드

물었다. 곰들은 대부분 사람에게서 몸을 숨겼고, 그러다 운이 나빠 개에게 발각당하면 바쁘게 도망쳤다. 그런데 이 곰은 달랐다. 몇 달째 잘 자다가, 쌓아둔 지방이 바닥나자 배가 고파서 깬 녀석 같았다. 베링해협에서 왔을 가능성도 있었다. 베링해협의 곰들은 사납기로 유명했다. 앞발로 적을 갈기갈기 찢으며 희열을 느끼는 맹수 중의 맹수였다.

곰은 시워츠의 냄새를 맡자마자 먹잇감이 가까이 있음을 알았다. 사방에 얼음밖에 없는 곳에서 오랜만에 맡아보는 근사한 냄새였다. 곰은 숨어서 참을성 있게 먹이를 기다렸다. 한편 시워츠는 눈더미를 헤치며 발소연 안을 지났다. 목적지가 가까워지자, 그는 썰매에 앉아 담배 파이프를 입에 물고 빙그레 미소를 지었다. 절벽 빌라는 상당히 호사스러웠다. 가로 3미터, 세로 2미터로 크기도 널찍했고, 천장이 높아 안에서 똑바로 설 수 있었다. 발 달린 낮은 화덕과 접이식 탁자, 침대 등 기본 설비도 잘 갖춰져 있었다. 침대는 술통에서 떼어낸 나무판자로 만들어져서 세련미는 없었지만, 그만하면 훌륭했다. 석탄 상자와 물 양동이도 구비되어 있었다. 벽에는 신문에서 오린 각종 기사가 압정에 박혀 빼곡하게 붙어 있어서 심심할 염려도 없었다.

개들은 2월의 바드득거리는 빙판 위를 신나게 질주했다. 쌓인 눈도 거의 없었고, 달도 휘영청 밝아서 방향을 잡기가 수월했다. 달빛 아래로 빙산이 환하게 빛났고 얼음덩이 사이로 썰매를 끄는 개들의 그림자는 타르처럼 검고 또렷했다.

그 시각, 곰은 비죽이 나온 얼음덩이 사이에서 어둠 속에 몸을 웅크리고 앉아 있었다. 썰매가 지나가는 길목 바로 위였다. 시워츠가 가까이 다가오자 곰은 무방비 상태의 먹이를 향해 용수철처럼 튀어 올랐다.

시워츠는 너무 놀라 기절할 뻔했다. 이 표현은 절대 과장이 아니다. 생각해보라. 절벽 빌라에서 간만의 휴식을 취할 상상을 하며 조용히 길을 가는데, 별안간 4백 파운드의 곰이 무릎 위로 뛰어내린다면 어떻겠는가! 곰의 엄청난 무게 때문에 썰매에 깐 가죽이 떨어져 나갔고, 썰매 날 양쪽이 모두 박살 났다.

시워츠가 공포에 사로잡혀 비명을 지르자, 곰은 더 크게 포효했다. 놈은 먹잇감을 향해 아가리를 벌리고, 아노락 후드 아래로 뜨거운 입김을 내뿜었다. 평화롭던 풍경이 순식간에 아수라장으로 변했다. 개들이 곰에게 달려들며 짖는 통에 사태가 더욱 심각해졌다. 곰, 시워츠, 개들이 긴 썰매 끈에 휘감겨 한데 뒤엉켰고, 격분한 곰은 으르렁거리며 공중에서 커다란 앞발을 휘둘렀다. 그 바람에 썰매 앞으로 길게 늘어진 줄이 곰의 뒷발 하나를 휘감았다. 대장 개 위스키는 그 틈을 타, 적의 검은 발바닥에 이빨을 박았다. 개의 울부짖음과 시워츠의 비명, 곰의 포효가 대기를 뒤흔들었다. 개들은 썰매와 연결된 줄에서 빠져나가려고 발버둥 쳤다. 그러나 몸부림칠수록 엉킨 줄이 조여들어 결국에는 썰매와 곰, 곰과 시워츠 사이에서 옴짝달싹 못 하게 되었다.

최초의 공포감이 사라지자, 시워츠는 정신을 차리고 다리를 상체 가까이 끌어당겼다. 다행히 부러진 곳은 없었다. 몸 상태를 확인한 후, 그는 곰을 개들 쪽으로 밀치고 옆으로 몸을 굴려 썰매 밖으로 빠져나왔다. 그리고 절벽 빌라를 향해 냅다 뛰었다.

곰은 먹잇감이 도망치는 것을 보고는 온 힘을 다해 밧줄을 끊었고, 위스키의 귀 반쪽을 물어뜯었다. 그런 다음, 나머지 개들을 따돌리고 줄행랑치는 먹잇감을 추격했다.

시워츠는 눈가루를 흩날리며 빠르게 달렸다. 그렇게 열심히 달리기는 난생처음이었다. 속도가 얼마나 빠른지 신발 바닥이 빙판에 거의 닿지도 않았다.

하지만 곰은 시워츠보다 훨씬 날쌨다. 놈은 끈질기게

추격하여 불운한 사냥꾼과의 거리를 눈에 띄게 좁혀놓았다. 개들은 시워츠와 곰 뒤에서 망가진 썰매를 매달고 밧줄에 엉키지 않은 네 발을 버둥거렸다. 썰매 뒤로 밧줄에 걸린 사냥꾼의 총이 덜거덕거리며 빙판 위를 나뒹굴었다.

전력 질주를 하는 시워츠의 흉부는 아코디언의 주름상자처럼 팽창과 수축을 쉼 없이 반복했다. 입 밖으로 쌕쌕 신음이 나오고, 입안에서는 피 냄새가 진동했다. 등 뒤에서 곰의 기척이 느껴지자, 그는 한 치의 망설임도 없이 선배 사냥꾼들의 가르침을 실천에 옮겼다. 꼬질꼬질 기름때가 낀 아노락을 벗어 멀찌감치 던진 것이다. 덕분에 쫓고 쫓기는 관계에서 잠시 여유를 찾았다. 곰은 빙판에 발톱을 박고 멈춰 서더니, 아노락 위로 뛰어들어 소매 한쪽을 물어뜯기 시작했다. 녀석의 기대와 달리 고기는 맛이 없었다. 냄새도 별로였고, 이상하게도 피 한 모금 나오지 않았다. 성이 난 곰은 아노락을 갈기갈기 찢어발겼다. 그런 다음, 목표물을 향해 유유히 발걸음을 돌렸다.

시워츠는 한순간도 경계를 늦추지 않았다. 전속력으로 달리면서도 곰이 또다시 바싹 추격해올 때를 대비해 셔츠를 머리 위로 벗어 올렸다. 잠시 후, 예상대로 준비해둔 셔츠를 던질 기회가 왔다. 누더기가 된 아노락을 짓밟아 눈 속에 파묻은 곰이 또 다시 시워츠를 따라잡은 것이다. 시워츠는 셔츠를 멀리 내팽개쳤다. 곰은 새로운 먹이로 달려들어 꼼꼼하게 탐색전을 펼쳤다. 요리조리 뜯고 할퀴며 셔츠 자락을 붕대 조각으로 만들었다.

절벽 빌라가 시워츠의 시야에 들어왔을 때는 시워츠가 입고 있던 옷의 대부분이 곰에게 던져진 후였다. 혹한에 맨살을 드러내고 온 힘을 다해 달리느라 찬바람이 살갗을 엤지만, 오두막을 향해 비탈길을 오르는 사냥꾼의 상체는 땀으로 번들거렸다. 은신처의 문턱을 넘어서자마자 그는 문을 닫고 단단히 잠갔다. 그러고는 문틀에 기대어 증기기관차처럼 가쁜 숨을 몰아쉬었다.

"우라질! 하마터면 잡아먹힐 뻔했잖아!" 그가 말했다. "별 스트립쇼를 다 했네!" 시워츠는 어둠 속을 더듬어 화덕 위에서 성냥을 찾아냈다. 석유램프에 불을 밝히자 주변이 환해졌다. 그는 실내를 둘러보았다. 화덕에는 석탄이 그득했다. 건조대 위에는 소 넓적다리 반쪽이 매달려 있었고, 물 양동이 안에는 얼음이 가득했다. 모든 것이 만족스러웠다. 그는 침대에 앉아 한숨을 돌렸다.

"개들은 어쩌고 있으려나?" 그가 중얼거렸다. "아직 해변에 있을까?"

시워츠의 생각이 옳았다. 개들은 밧줄에 엉켜 물가의 얼음덩이 사이에 발이 묶여 있었다. 어느 한 녀석도 밧줄을 물어뜯을 생각을 못 했던 것이다. 녀석들은 번갈아 가며 으르렁거리고 깨갱대다가, 바닥에 배를 깔고 엎드려서 시워츠가 돌아와 자기들을 풀어주기만을 하염없이 기다렸다.

한편, 시워츠는 어둠을 뚫고 밖으로 나갈 마음이 조금도 없었다. 곰이 그를 찾아내기 위해 문밖을 샅샅이 뒤지고 있었기 때문이다. 총이 간절해지는 순간이었다.

"흥, 마음대로 해. 그래봤자니까. 난 먹고 마실 게 충분하거든. 게다가 여긴 따뜻해. 아무것도 없는 너랑은 천지 차이지." 시워츠는 침대에서 일어나 화덕에 불을 붙였다. 석탄은 제자리에 놓여 있었고, 양도 충분했다. 석탄 상자 위에는 언제든지 불을 지필 수 있도록 석유도 한 병 가득했다. 마지막으로 대피소를 사용한 사냥꾼이 다음 사람을 위해 마련해둔 것이었다. 화덕의 열기에 좁은 실내가 금세 훈훈해졌다. 힘이 난 시워츠는 의자를 끌어다가 화덕 가까이 두고 앉아 꽁꽁 언 발을 녹였다. 그러고 있자니 문득 바다표범 가죽 바지와 카미크를 착용해서 다행이라는 생각이 들었다. 유럽에서 만든 옷을 입었다면 그렇게까지 곰을 오래 붙들어둘 수는 없었을 것이다.

'총만 있으면 완벽할 텐데⋯⋯.' 시워츠는 상체를 숙여 물 양동이에 기대어 있던 도끼를 들어 올렸다. 위급한 상황이 오면 도끼를 사용할 생각이었다. 예를 들면, 곰이 몸을 녹이려고 집 안으로 밀고 들어올 때에. 하지만 곰을 완전히 쓰러뜨리려면 반드시 총이 필요했다. 시워츠는 따뜻해진 발을 들어 황동으로 만든 화덕 난간에 걸치고 시간을 셈했다. 개들이 발이 묶인 해변까지의 거리는 100미터 정도였는데, 그가 최고 속도로 달릴 경우 12초에 주파할 수 있는 거리였다. 상황이 상황인 만큼 올림픽 신기록으로 계산해야 했다. 따라서 12초. 여기에 도끼로 밧줄을 끊어 총을 빼내는 데 드는 시간 5초를 더하고, 장전과 조준에 드는 시간 2초를 더한 뒤, 만일을 대비해 2초를 추가하자, 통합 21초라는 결과가 나왔다. 시간상 곰이 훨씬 유리했다. 놈은 시워츠보다 두 배는 빨랐고, 총을 집어들 필요도, 장전하거나 조준할 필요도 없었다. 문을 박차고 나온 먹잇감을 보고 곰이 놀라 머뭇거려서 3초를 더 번다고 해도, 여전히 시워츠가 12초 불리했다.

시워츠는 곰이 달리는 시간을 조금 늘려보고, 놀라서 머뭇거릴 시간을 보태며 여러 차례 계산을 반복했다. 그래도 결과는 항상 곰에게 유리했다. 아무리 머리를 굴려도 뾰족한 수가 없었다. 결국 그는 생각을 멈추고 단순해지기로 했다. 시워츠는 화덕에 석탄을 보충하고 하얗게 달아오른 열판에 벌거벗은 엉덩이를 가져다 댔다. 문제가 저절로 해결될 때까지 기다리는 것, 이것이야말로 가장 단순한 해결책이었다.

곰은 추위 속에서 오두막 주변을 맴돌며 소란을 피우더니, 배가 고픈지 문틈에 코를 박고 한참을 킁킁거렸다. 그러고는 절벽 빌라의 약점을 찾아 요새 주변을 샅샅이 탐색하기 시작했다. 엉덩이가 뜨뜻해지자, 실내에 있다는 사실에 시워츠는 사뭇 마음이 놓였다.

"어이, 넌 거기서 자. 저기 얼음 위도 괜찮네." 그가 얇은 판자를 사이에 두고 곰에게 소리쳤다. "하, 하, 그러니까 누가 겨울잠을 자지 말래? 엉? 너 같은 늙은이는 푹 자야 해. 이렇게 일찍 일어나면 안 된다고, 알았어?"

곰은 대답 대신 살벌하게 으르렁거렸다. 오두막 안이 제법 따뜻했는데도 한기가 느껴질 정도였다.

"워워, 진정해!" 그가 소리쳤다. "그냥 우정 어린 조언일 뿐이었어."

곰은 문틈에 발톱을 박고 나무판자 틈으로 코를 들이밀었다. 시워츠는 시선을 문에 고정한 채 도끼를 집어

들었다.

"친구, 그래봤자 넌 못 들어와. 여긴 네가 들어올 곳이 아니거든."

그렇게 말하면서도 시워츠는 어느새 폐허가 된 오두막들을 떠올렸다. 곰이 가끔 오두막 안으로 들어와 싹쓸이를 할 때가 있어서였다. 그런 때, 곰은 문을 부수고 실내로 들어왔다. 안으로 들어와서는 통조림을 으스러뜨리고 내용물을 꺼내 먹었다. 먹을 게 부족하면 성질을 부리며 화덕, 의자, 식탁을 뒤집고, 침대를 벽에서 뜯어냈다. 나갈 때는 굳이 창문을 이용해 창틀까지 부숴놓았다. 밖에서 어슬렁거리는 저 녀석도 마음만 먹으면 언제든 절벽 빌라에 들어올 수 있었다. 곰이 원하는 것도 바로 그것이었다. 시워츠는 도끼를 들고 문가를 지켰다. 한참을 그러고 있자니 도끼를 든 팔이 저리며 감각이 둔해졌다. 곰이 대피소 근처로 탐색을 나간 뒤에야 그는 경계를 늦췄다.

이후 한 시간 동안은 별 탈 없이 조용했다. 시워츠는 곰이 포위망을 넓히고 있다고 판단했다. 그제야 시장기가 느껴지며 뭘 좀 먹어야겠다는 생각이 들었다. 그는 꽁꽁 언 소 넓적다리를 도끼로 쳐서 몇 조각을 잘라낸 다음, 화덕의 열판 위로 던졌다.

맛있는 고기 냄새가 오두막 안에 진동했다. 곰은 문 밖을 지키고 있다가 판자 틈에 코를 박고 힘차게 콧구멍을 벌름거렸다. 시워츠는 비프스테이크를 먹고, 화덕에 다시 석탄을 보충했다. 얼음을 녹여 찻물을 만들기 위해서였다. 숯을 뒤적이던 그가 갑자기 하얗게 달아오른 부지깽이를 보고 소리쳤다.

"그래, 바로 이거야!"

시워츠는 다시 셈을 하기 시작했다. 어쩌면 이 작은 물건이 힘의 균형을 맞추는 것보다 더 큰 도움을 줄지도 몰랐다. 운만 따른다면 곰에게 도끼질을 할 수도 있었다. 총은 이제 그의 호주머니에 든 것이나 다름없었다.

"염병할, 한번 해보지 뭐."

시워츠는 화덕에서 찻물을 내리고 용기를 북돋기 위해 심호흡을 했다. 부지깽이를 집어 들자 곰이 불쌍하다는 생각이 들었다. 무기가 너무 위협적으로 보였기 때문이다. 그는 문을 향해 발끝으로 걸어갔다. 그리고 빗장을 풀고 문을 활짝 열었다.

곰은 커다란 엉덩이를 바닥에 깔고 앉아 있었다. 갑자기 튀어나온 벌거숭이 인간을 보고 당황한 기색이 역력했다. 놈이 냉정함을 되찾고 똑똑한 짓을 하기 전에 해치워야 했다. 시워츠는 재빨리 부지깽이를 곰의 가슴에 꽂고, 도끼를 휘둘렀다. 불기둥이 몸 안으로 파고들어 오자 곰은 고통에 몸부림치며 울부짖었다. 털이 타는 냄새가 코를 찔렀고, 연기가 피어올랐다. 곰은 부지깽이를 움켜잡은 채 눈 위로 고꾸라졌다.

시워츠는 개들을 향해 전속력으로 달려갔다. 그러고는 마침내 올림픽 신기록인 12초보다 빨리 목적지에 도착했다. 총은 썰매 날 밑에 끼어 있었다. 그는 재빨리 도끼로 밧줄을 끊고 총을 빼냈다. 개들은 주인을 보고 낑낑대며 기쁨을 감추지 못했다. 하지만 주인의 신경은 온통 총에 쏠려 있었다. 그는 노리쇠에 쌓인 눈을 입으로 후 불어내고 방아쇠를 당겼다. 그런데 방아쇠가 당겨지지 않았다. 미친 사람처럼 방아쇠를 붙잡고 온갖 씨름을 해도 마찬가지였다.

"우라질! 뭐가 걸렸나 봐."

시워츠는 다급한 심정으로 적을 쳐다보았다. 곰은 울부짖으며 털에 붙은 불을 끄려고 여전히 애를 쓰고 있었다.

시워츠는 총과 씨름을 하느라 할 일이 하나 더 있다는 사실을 까맣게 잊었다. 맞았다. 그는 개들을 풀어주어야 했다. 그 시각, 개들은 낑낑대고, 헉헉거리고, 짖어대면서 주인의 시선을 끌기 위해 안간힘을 썼다. 하지만 시워츠의 머릿속은 오직 총에 대한 생각으로 가득했다. 주어진 시간이 많았더라도 그는 똑같이 행동했을 것이다. 그러나 온갖 노력에도 불구하고 총은 작동되지 않았다. 낡은 노리쇠 안에 얼음 조각이 끼었거나, 썰매에 끌려다니며 총부리가 흰 듯했다. 빌어먹을 상황이었다.

그 사이, 곰은 몸에서 부지깽이를 빼내고 망할 놈의 무기가 더는 보이지 않을 때까지 발로 꼭꼭 밟아서 눈 속에 파묻었다. 그런 다음 시워츠와 개들에게로 관심을 돌렸다. 곰은 개들을 발견하고 으르렁거렸지만, 시워츠가 든 총을 보고는 경악을 금치 못했다. 눈앞에 또 다른 모양의 부지깽이가 버티고 있었기 때문이다. 이번에는 앞선 것보다 길이도 길었다. 곰은 충혈된 눈으로 늘어진 입술을 위로 말아 올려, 길고 누런 송곳니를 드러냈다. 그러고는 발소리를 죽여서 물가로 내려갔다.

시워츠는 곰이 다가오는 것을 보고 총을 포기했다. 개도, 도끼도 머릿속에서 깨끗이 사라졌다. 대신 파랗게 질린 벌거숭이 몸뚱이에 닭살이 돋으며 가슴에서 뜨거운 피가 용솟음쳤다.

평상시 그는 거북이처럼 차분하고 온순했다. 평화를 위해서라면 자기 뜻에 반하더라도 타인의 의견을 기꺼이 수용하는 편이었고, 특별히 내세우는 원리원칙도 없어서

51

그를 도발하기란 상당히 어려웠다. 그런데 이날은 아니었다. 망가진 총을 들고 위험천만한 곰을 노려보는 그의 가슴은 분노로 이글거렸다. 고대 북유럽의 전사 베르세르키르*처럼 그는 온몸의 근육을 불끈거리며 투지를 불태웠다. 먼 옛날 바이킹들은 곰 가죽으로 옷을 해 입고, 그 위에 독약을 발라 전투력을 끌어올렸다. 시워츠의 몸에도 같은 효력이 발생했다. 근육이 경련을 일으키며 딱딱해지더니, 번쩍하고 뇌에 신호가 왔다.

시워츠는 짐승을 향해 으르렁거렸다. 단전에서 올라온 깊고 위협적인 그 울부짖음이 반쯤 열린 전사의 입술에서 터져나와 곰의 두툼한 귀로 파고들었다. 곰은 시워츠를 향해 다가서다 말고 움찔하더니, 네 발로 땅을 짚고 선 채로 이상하다는 듯 고개를 갸우뚱거렸다.

시워츠는 총을 가로로 눕혀서 어깨에 얹고, 대피소를 향해 성큼성큼 걸어갔다. 적을 위협하던 울부짖음은 말이 되어 폭포처럼 쏟아졌다.

"멍청한 놈, 꺼져!" 그가 우레와 같은 목소리로 곰에

---

* 고대 노르드의 전사 중에서 통제가 불가능할 정도로 격정적으로 전투에 임한 이들을 가리키는 말.

게 호통을 쳤다. "내가 너를 무서워할 것 같아? 엉? 착각하지 마. 알겠어?" 그가 주먹을 불끈 쥐어 보이며 다시 말을 이었다. "왜냐고? 넌 게으른 뚱보야. 그러니까 힘없는 바다표범이나 잡아먹지. 하, 하, 하! 이제 알겠어? 당장 꺼져! 이 소 오줌만도 못한 자식아! 괜히 가만히 있는 사람 건드리지 말고!"

우렁찬 목소리가 대기 중에 쩌렁쩌렁 울려 퍼졌다. "하, 하, 이 시워츠를 겁주겠다고? 어디 해볼 테면 해봐, 이 불알 값도 못하는 녀석! 진짜 무서운 게 어떤 건지 내가 맛을 보여주마."

그가 눈을 발로 걷어차며 곰을 향해 침을 길게 내뱉었다.

"꺼져! 꺼지라고!" 그가 노발대발했다. "안 그러면 내가 너를 밟아 죽일 거야, 알았어? 이 수세미보다도 더러운 자식아!"

곰은 몹시 놀란 듯, 시워츠를 빤히 응시했다. 그의 알 수 없는 행동에는 관습에서 벗어난 무언가가 있었다. 처음에는 겁에 질려 비명을 지르더니, 그다음에는 가죽이 홀라당 벗겨질 때까지 도망을 쳤다. 그런데 지금은 긴 부지깽이를 든 채, 투사처럼 고함을 치며 역정을 내고 있었다. 대담하기가 짝이 없는 인간이었다. 어쩌면 보기와 다르게 극악무도한 놈일지도 몰랐다. 부지깽이 공격에 죽을 고비를 넘긴 곰은 온갖 생각에 빠져 시워츠를 눈앞에 두고도 이러지도 저러지도 못했다.

"이 똥싸개야, 꺼지라니까!"

시워츠가 총을 흔들며 다시 고함을 질렀다.

"피오르로 돌아가! 너 같은 자식이 어슬렁거리는 꼴을 더는 못 보겠으니까. 알겠어? 염병할, 난 자야 한단 말이야."

곰은 달빛에 번쩍이는 무기에서 눈을 떼지 못했다. 아까처럼 이번 것도 아플까 봐 겁을 집어먹은 듯했다. 그래서 시워츠가 무시무시한 무기를 들고 눈앞에 나타나자 재빨리 옆으로 몸을 비켜서 적군이 지나가게 길을 터줬다.

오두막으로 가면서 시워츠는 곰에게 눈길조차 주지 않았다. 벌거숭이 몸뚱이에 양말만 신고 투덜거리며 절벽 빌라를 향해 걷는 그의 모습은 만취한 부랑자와 흡사했다. 그는 현관 문턱을 넘어서자마자 발길질로 문을 닫았다.

"이런, 우라질! 벼룩의 간을 빼먹을 놈! 저런 놈은 본때를 보여줘야 해." 그가 으르렁거렸다. "그래야 정신을 차리지."

시워츠는 화를 다 삭이지 못해 부들부들 떨리는 손으로 찻물을 올렸다. 물이 끓고, 차를 연거푸 두 잔이나 마신 뒤에야 그는 마음을 가라앉혔다. 정신이 돌아오자 처음 분노가 일었을 때만큼이나 갑작스럽게 화가 누그러졌다. 그는 의자 위로 털썩 주저앉았다. 다리가 후들거려서 더는 서 있을 수가 없었다.

"하느님 맙소사!" 그가 중얼거렸다. "내가 무슨 짓을 한 거지? 하마터면 큰일 날 뻔했잖아!" 생각만으로도 진땀이 났다. 시워츠는 문가로 시선을 옮겼다. 다행히도 총은 문틀에 기대 세워져 있었다. 시워츠는 서둘러 문에 빗장을 걸고, 총을 건조대 위에 올려놓았다. 잠시 후, 노리쇠에 걸린 얼음이 녹으며 총은 다시 사용 가능한 상태가 되었다. 한 차례 장전을 해본 뒤, 시워츠는 흡족한 미소를 지었다.

"헤, 그렇게 혼나고도 또 덤빌 테면 덤벼봐! 난 이제 무서울 게 하나도 없어."

곰은 여전히 시워츠를 포기할 마음이 없었다. 단지 교훈을 얻고 신중해졌을 뿐이었다. 놈은 문에서 멀찌감치 떨어진 곳에 자리를 잡았다. 어떤 공격이 튀어나올지 알 수 없었기 때문이다. 시워츠가 실내로 모습을 감춘 뒤에는 절벽 빌라에서 10미터쯤 떨어진 눈 쌓인 바위 위로 조용히 물러났다. 그런 다음, 바위 위에 엎드린 채 문가를 주시했다. 시워츠는 총을 허리춤에 차고 창문 밖으로 여러 번 고개를 내밀어 적의 동태를 살폈다. 달빛이 흐려서 곰을 식별하기가 쉽지 않았다. 시야가 어두워서 목표물을 조준하는 것도 어려웠다. 곰은 꿈쩍도 하지 않았다. 숨바꼭질이라도 하려는 듯, 새카만 주둥이 위에 앞발 하나를 올리고 오두막에서 눈을 떼지 않았다. 아무도 자기를 보지 못할 거라고 믿는 듯했다.

밤사이 곰이 공격해올 가능성은 희박했다. 시워츠는 벽에 걸린 순록 모피를 내려 몸을 감싸고 침대에 피곤한 몸을 뉘였다. 램프의 불빛을 할 수 있는 한 낮추고, 배위에 총을 올리자 한결 안심이 되며 용기가 솟았다.

'내일은 안 보이겠지? 맞아, 이렇게까지 했는데 그럴 리가 없어. 아냐, 혹시 또 몰라. 끈질긴 놈이니까. 뭐, 그래도 괜찮아. 지금 나한테는 총이 있으니까. 내일도 보이면 숨통을 끊어주면 돼.'

곰을 잡는 상상을 하며 그는 기분 좋게 잠이 들었다.

그 시각, 곰은 곰대로 시워츠와 비슷한 상상을 했다. 집 안이 조용해지고 창문 밖으로도 빛이 새어 나오지 않자, 곰은 슬그머니 몸을 일으켜 문가로 다가갔다. 그런 다음, 조심조심 지붕 위로 올라가 육중한 앞발을 아래로 늘어뜨리고 엎드렸다. 그렇게 지켜보다가 인간이 밖으로 나올 때 위에서 덮칠 작정이었다.

시워츠는 마음 놓고 잠이 들었다. 드르렁거리며 코까지 골았다. 곰은 잠복을 하다가 말고 시워츠가 내는 소리에 놀라 콧잔등을 찡그렸다. 코 고는 소리는 꽤 시끄럽고 불쾌했지만, 종전의 무시무시한 고함과는 성질이 달랐다. 곰은 안도의 한숨을 내쉬었다. 그리고 푹신한 귀를 베고 옆으로 누워서, 곧 맛보게 될 고기 맛을 상상하며 혀로 주둥이를 핥았다.

그로부터 몇 시간 뒤, 시워츠는 한기를 느끼고 잠에서 깼다. 화덕이 꺼져 있었다. 램프의 불빛을 한 단계 높이자 하얗게 언 벽이 시야에 들어왔다. 시워츠는 침대를 빠져나와 비틀거리며 석탄 상자로 걸어갔다. 석탄은 아직 충분했다. 잘 익은 호박처럼 굵직한 것이 네 덩이나 남아 있었다. 그런데 석탄을 쪼갤 도끼가 사라지고 없었다. 개들이 있는 곳에 도끼를 두고 온 것이다. 아, 맞다! 개! 도끼! 시워츠는 그제야 낮에 한 실수가 떠올랐다. 왜 도끼로 밧줄을 끊어 개들을 풀어주지 않았을까? 그랬다면 곰 한 마리 잡는 것쯤은 일도 아니었을 텐데? 시워츠

는 귓불을 붉히며 생각했다. 이번 일은 절대로 아무에게도 말하지 말자. 그 누구도 이 곰 사냥에 대해 떠들지 못하게 하자. 소문이 나면 얼간이나 거짓말쟁이 취급을 받는다. 온 연안의 웃음거리가 된다……. 그가 한 실수는 아무리 생각해도 변명할 여지가 없었다. 사냥꾼답지 못하게 곰의 습격을 받았고, 토끼처럼 곰한테 쫓기는 것도 모자라서 개들을 풀어주는 걸 잊었다. 게다가 괜스레 호들갑을 떨다가 사냥감을 멀리 내쫓아버리기까지 했다.

"아냐, 몸이 따뜻해지면 나가서 놈을 잡으면 돼." 그가 중얼거렸다. "그렇지?"

그는 상자에서 석탄 한 덩이를 꺼내 다리 사이에 끼우고 총을 집어 들었다. 대피소 안에는 석탄을 쪼갤 만큼 단단한 물건이 없었다. 쇠로 된 총의 개머리판으로 석탄을 힘껏 내려치자, 석탄 덩어리가 둘로 쪼개졌다. 덕분에 시워츠는 계속해서 화덕에 불을 지필 수 있었다.

시워츠의 총은 성능이 매우 좋았다. 연안에서 활약하기 전, 1889년에는 덴마크 군대에서 중요한 임무를 수행했고, 노리쇠로 장전하는 방식에 개머리판도 묵직했다. 오랜 세월 빙판 위에서 험하게 다뤄졌는데도 여전히 말짱했다. 그런데 이날 밤, 이 둘도 없는 물건이 큰 실수를 저지르며 시워츠를 배반했다. 개머리판으로 연속해 석탄을 내리치는 도중 엄청난 굉음을 내며 총알을 발사한 것이다.

총알은 시워츠의 커다란 코를 아슬아슬하게 스치고, 이마를 뒤덮은 빨간색 머리카락을 지나, 지붕을 뚫고 날아갔다. 그 여파로 램프의 불이 꺼졌다.

시워츠는 겁에 질려서 89년식 소총을 내던지고 비명을 질렀다. 귀를 얼얼하게 했던 굉음이 잦아들고 사방이 다시 고요해지자, 그는 팔을 쭉 뻗어서 성냥을 찾기 시작했다. 순간, 숨소리가 크게 느껴지면서 어디선가 '똑, 똑' 하고 물방울 떨어지는 소리가 들려왔다. 봄날에 얼음이 녹을 때 나는 소리와 같은 소리였다.

"어, 이게 뭐지?" 그가 질겁을 하고 중얼거렸다. 성냥을 그어 램프의 불을 밝히자, 발치에 흥건하게 고인 피가 보였다. 시워츠의 얼굴이 송장처럼 하얘졌다.

"내가 총에 맞은 거야?" 그가 쉰 목소리로 중얼거렸다. "이게 다 내 몸에서 나온 피라고?"

시워츠는 바닥에 주저앉았다. 피를 보자 갑자기 극심한 피로감이 몰려오면서 비통한 생각이 들었다. 심장 주위를 칼로 쿡쿡 찔린 것처럼 아프기도 했다.

"어떻게 이럴 수 있죠? 난 이제 어떻게 하라고요, 네?" 천장을 올려다보며 그가 하늘에 계신 분께 물었다. 질문에 대한 대답은 천장에 난 총알구멍에서 실처럼 가늘게 떨어지는 피가 대신했다.

"어, 저게 뭐야?"

시워츠는 몸을 일으켰다. 팔을 뻗어서 총알구멍으로 손가락을 가져다 대자 온기가 느껴졌다. 그는 손가락에 묻은 피를 입으로 가져가 맛을 봤다.

"염병할, 이건 곰의 피잖아!" 그가 중얼거렸다. "그 바보 멍청이가 저 위에서 죽은 거야?"

피의 주인도 확인했고 지붕 근처도 조용했지만 시워츠는 경계를 늦추지 않았다. 문을 열자 축 늘어진 곰의 발 하나가 머리 위로 떨어졌다. 총으로 툭툭 건드려봤지만 미동이 없었다. 죽은 게 확실했다.

"헤, 헤, 처음부터 나한테 올 놈이었구나! 정말 기가 막히네! 누가 믿겠어!" 시워츠는 석유램프를 들고 밖으로 나갔다. 지붕 위에 불빛을 비추자, 누리끼리한 색의 커다란 곰이 사지를 뻗고 죽어 있는 것이 보였다. 생각에 잠긴 듯, 잠시 말이 없던 그가 혼잣말을 했다.

"이왕 이렇게 된 거, 계속 비밀로 해야 해. 시워츠, 무슨 말인지 알지?"

시워츠는 곰 가죽을 두르고 바람의 오두막에 도착했

다. 굶주린 개들을 먹이고, 곰 가죽을 썰매 모양으로 얼리느라 절벽 빌라에서 며칠을 보낸 뒤였다. 그는 대피소에서 순록 가죽으로 아노락을 만들어 입고, 거기에 침낭에서 떼어낸 사향소 머리를 모자로 달고, 여벌로 가져갔던 아이슬란드 스웨터를 썰매 자루에서 꺼내 바지로 만들어 입으며 잘 먹고 잘 있다가 기분 좋게 귀가했다.

시워츠는 집에 도착하자마자 변소로 달려갔다. 레우즈와 공동으로 사용하는 그들만의 특별한 공간에서 그는 편안하게 앉아 파노라마로 펼쳐진 경치를 감상했다. 반쯤 열린 문 뒤로 레우즈가 보였다. 그는 해변에서 사냥을 나갔던 동료가 몰고 온 썰매를 관찰하고 있었다.

"시워츠, 무슨 일이 있었어?" 레우즈가 소리쳤다. "썰매가 부서졌는데?"

"응, 눈더미에서 한번 자빠지더니, 도무지 일어날 생각을 하지 않더라고." 시워츠가 대답했다.

"그런데 곰은 어디서 난 거야?" 레우즈는 천성적으로 호기심이 많은 사람이었다.

"곰? 별거 아냐. 빗나간 총알이 가져다준 선물이랄까? 헤, 헤, 추운데 같이 가자고 녀석이 자꾸 따라오더라고."

시워츠는 변소 문을 닫았다. 그리고 혼잣말로 다음

과 같이 중얼거렸다.

"잘했어, 시워츠! 절대로 말하면 안 돼. 그래야 앞으로도 정직하고 훌륭한 사냥꾼이라는 소리를 듣지. 안 그래?"

짧은 우회

—

밸프레드와 한센의 놀라운 모험

"모르는 사람이 이런 얘기를 했다면, 나는 아마 전부 허풍이라고 생각했을 거야." 레우즈가 방문객들을 쳐다보며 감탄하듯 말했다.

밸프레드는 근사한 새 치아를 드러내며 환한 미소를 지었다.

"헤, 헤," 그가 기분 좋게 말 우는 소리를 냈다. "맞아, 레우즈. 처음에는 다 그래. 게다가 넌 아직 연안의 신참이라서 여기서 일어나는 엄청난 일들에 적응하려면 시간이 좀 걸릴 거야. 그런데 이 얘기는 처음부터 끝까지 전부 사실이야."

밸프레드가 중위에게 윙크를 했다.

"한센, 정말 멋진 여행이었어. 그렇지? 바쁜 것도 없고, 먹을 것도 그때그때 구해졌잖아. 아, 하나 부족한 게 있기는 했어. 술! 코가 삐뚤어질 때까지 마셔도 늘 부족한 게 술이니까. 안 그래?"

밸프레드는 평소보다 자주 치아를 드러내고 웃었는데, 이 미소는 예전과 달리 살짝 어색했다. 남아 있던 치아 셋을 전부 빼내고 새로 사서 끼워 넣은 의치 탓이었다. 그는 얼마 전에 구매한 그 의치를 상당히 마음에 들어 했다. 자부심마저 느끼는 듯했다. 이것이 그가 미소를 달고 다닌 이유였다. 그는 멋들어진 의치가 준 감동을 친구들과 공유하고 싶어 했다. 물론 인공치아에 아직 적응하지 못해서 불편한 점도 있었다. 입안에서 이물감이 느껴졌고, 윗니가 덜거덕거리며 자꾸 아래로 떨어졌다. 그 결과, 그는 모든 단어에 '즈' 발음과 '스' 발음이 섞인 독특하고도, 때에 따라서는 우아하게까지 들리는 소리를 내게 되었다.

레우즈는 지금까지 나온 이야기를 소화하기 힘들었다. 누구도 묻지 않았지만 변소 열쇠를 꺼내 보이며 그가 물었다.

"시워츠, 난 친구들이 부속 건물을 자유롭게 이용하길 바라. 바람의 오두막에 온 귀한 손님들이니까. 어떻게 생각해?"

시워츠가 고개를 끄덕였다. "그럼, 우리 집에 온 손님인데 당연히 그래야지. 친구들, 이제 볼일은 부속 건물에 가서 보도록 해. 급할 때든, 그렇지 않을 때든, 큰 볼일이든, 작은 볼일이든 마찬가지야. 다들 집으로 돌아가면 품위 있는 생활을 못 하잖아. 황량한 오지의 삶으로 돌아가야 하고. 그래서 난 대환영이야. 대범한 남자는 이런 일로 쩨쩨하게 굴지 않거든."

시워츠는 중위를 바라보았다. 중위는 의자에 등을 꼿꼿이 펴고 앉아서 뜨거운 커피로 목을 축이고 있었다. "한센, 굉장하다. 어떻게 그런 여행을 할 생각을 했지? 바다표범을 잡겠다고 얼음 피오르로 가는 사람은 아마 너밖에 없을 거야."

한센이 잔에 남은 커피 찌꺼기를 뚫어지게 바라보았다. "사냥꾼의 운명이 다 그렇지 뭐." 그가 겸손하게 말했다. "회사에 소속된 이상 별 수 있겠어? 우린 그저 원정을 떠났다가 구사일생으로 살아 돌아온 것뿐이야. 용감한 군인처럼."

밸프레드가 윗니의 위치를 바로잡고 독특한 발음으

로 덧붙였다.

"그럼, 내가 장담하는데, 중위 같은 사람은 이 세상에 없어. 독보적이지. 가죽처럼 질기거든. 절대로 포기하는 법이 없어."

중위는 칭찬을 받고 뿌듯한 자부심을 느꼈다. 그는 커피 잔을 내려놓고, 옆에 놓인 화주를 한입에 털어 넣었다. 수염을 매만지며 그가 말했다.

"단련이 좀 되기는 했어. 내적으로나 외적으로나."

한센 중위의 말에 시워츠가 생각에 잠겼다. 단련이라는 단어는 알겠는데, 중위가 한 말이 정확히 무슨 뜻인지 이해되지 않았다. 내적이고도 외적인 단련이라니! 의미를 파악하기가 영 어려웠다. 시워츠는 이해하려던 노력을 포기하고, 말을 얼버무렸다.

"아, 진짜 멋진 얘기야! 그 단련이라는 걸 밸프레드도 했겠지? 그것도 아주 많이?" 시워츠가 빨간 머리카락을 긁적였다. "어쨌든 이런 얘기를 하는 걸 보면, 단련을 진짜 많이 한 것 같아. 나라면 아마 입을 꼭 다물고 있었을 텐데. 이렇게 굉장한 모험 얘기는 절대 못 했을 거야. 다들 알겠지만, 말을 꺼내봤자 거짓말쟁이라는 둥 허풍쟁이라는 둥 그딴 소리나 듣잖아."

밸프레드는 윗니를 위쪽에 고정하려고 여러 차례 혀

를 찼다. 그가 말했다.

"맞아, 시워츠. 그래서 나도 한센에게 말하지 말자고 했어. 아무도 믿지 않을 테니까. 염병할, 그런데 어떻게 이렇게 굉장한 얘길 안 해? 안 그래? 다시 말하지만, 이 이야기는 100퍼센트 사실이야. 설마 우리가 친구들한테 거짓말을 하겠어? 중위가 얼마나 정직한지는 다들 잘 알잖아. 그래서 도저히 얘기를 안 할 수가 없었어."

밸프레드가 손가락으로 술을 가리키자 레우즈가 얼른 일어나 술병을 가져다주었다. 집에서 만든 독주를 한 잔 가득 따르며 밸프레드가 말을 이었다.

"그런데 왜 그런 걸까? 다들 한번 생각해봐. 말이란 게 일단 입을 떠나면 과장이 되고, 그다음에는 전혀 달라지잖아. 분명히 우리 얘기도 그렇게 될 거야."

시워츠가 입가의 수염을 한 차례 훑고 넌지시 물었다.

"밸프레드, 그 과장이란 말…… 그러니까 내 말은 그래도 된다는 거지? 레우즈하고 내가 오늘 들은 얘기를 다른 사람들한테 살을 좀 보태서 옮겨도 된다는 소리잖아. 그렇지?"

밸프레드가 고개를 끄덕였다.

"그럼, 마음대로 말해도 좋아. 너무 과하지만 않으면 우리도 반대할 이유가 없어. 그렇지, 한센?"

밸프레드의 물음에 중위가 두 팔을 크게 벌렸다.

"응. 이 이야기는 모두의 것인걸. 그러니까 누구에게든 마음껏 얘기할 권리가 있어. 급하게 말하느라 우리도 놓친 부분이 있을 테니까, 이 부분에 대해서는 각자 이야기를 보태도 좋아. 우리는 그런 걸로 뭐라고 할 사람들이 아니거든. 사냥 회사에 보고서도 보냈고, 우리들 사이에서 왔다 갔다 하는 얘기니까, 그런다고 진실이 왜곡되지도 않을 거야."

따라서 화자는 이제부터 이어지는 이야기가 바람의 오두막과 비요르켄보르의 주민들에 의해 사실로 입증된 것이며, 거기에 당사자들이 미처 말하지 못한 세부 묘사도 덧붙여졌음을 밝힌다.

크레바스* 속에서 현명해진 한센 중위는 얼마 전부터 동료 없이 혼자 지내던 밸프레드와 핌불 기지에서 함께 살기 시작했다. 사냥꾼들 모두는 이 결합을 관심 있게 지켜보며 그 둘이 서로를 얼마나 오래 견딜지 내기를 걸었다.

———

* 빙하의 표면에 생긴 깊은 균열.

물론 모두는 중위가 지난 경험을 통해 훌륭한 교훈을 얻었다고 믿었다. 처음에 중위는 그린란드에서 사는 법을 몰랐다. 그런 중위를 위해 사냥꾼들은 안하무인이었던 그를 줄에 묶어 크레바스 안으로 떨어뜨렸다. 크레바스 속에서 혼자 하룻밤을 꼬박 보낸 뒤, 그는 군인의 신분을 내던지고 착실한 사냥꾼이 되었지만, 효력이 언제까지 지속될지는 아무도 예측할 수 없었다. 이것이 두 사람의 동거를 두고 모두가 최악의 상황을 상상하며 걱정한 이유였다.

　　하지만 밸프레드는 걱정하지 않았다. 그는 평소 근심이라곤 없는 사람이었고, 괜스레 걱정을 하기보다는 세상만사 흘러가는 대로 내버려두는 타입이었다. 한마디로 그는 사물의 이치에 따라 순리대로 살아가는 동양 사상에 상당히 근접한 정신세계를 가지고 있었다. 그래서 그는 남의 일에 간섭하지 않았다. 행여 다른 사람이 자기 일에 끼어들려고 하면 그 즉시 침대 위로 올라가 등을 돌리고 숙면을 취했다.

　　한편, 한센 중위는 큰 깨우침을 얻었다. 사냥꾼들의 질서와 북극의 생활 여건에 맞춰 요령 있게 살아나가는 법도 배웠다. 그린란드 동부의 사냥꾼들은 프레데리시아의 병사들과는 근본적으로 달랐다. 중위는 군대와 사냥 회사의 동의를 얻어 최고 사령관 자격으로 동그린 란드에 도착했다. 그런 그에게 한 무리의 무뢰한들이 북 극에서의 규칙을 강요하며 반기를 들었다. 상사를 우습 게 보는 이들의 행동은 매우 유감스럽고, 반국가적이라 서 특별 군법회의에 회부되어야 마땅했다. 그런데 그린 란드에는 군사법원이 없었다. 법원 자체가 아예 존재하 지 않았다. 중위는 무척 당황했다. 그러나 이 당혹감은 오히려 그를 인간으로 만들었다. 인간에게 겨누던 총부 리로 사냥감을 겨누며 그는 작은 기쁨을 느꼈고, 새로 운 사냥 기술을 개발해 놀라울 만큼 빠른 속도로 훌륭 한 사냥꾼이 되었다.

얼음 피오르로 기습 공격을 하러 가자고 제안한 것 도 중위였다. 그는 모터보트를 타고 얼음 피오르에 가 면, 우글거리는 바다표범 떼를 보게 될 것이라며 밸프레 드를 유혹했다. 그런데 밸프레드는 가고 싶어 하지 않 았다. 한센이 편안한 야영 장비와 디저트가 포함된 따 뜻한 식사를 하루에 두 번씩 제공해주겠다고 약속해도 흔들리지 않았다. 얼룩무늬 바다표범을 몇 마리 더 잡겠 다고 얼음 피오르까지 가기에는 체력 소모가 너무 크다 는 게 이유였다. 더욱이 그에게는 더 중요한 일이 있었다. 햇볕이 따사로워서 바깥에 의자를 내놓고 앉아 졸고 싶었던 것이다. 게다가 사향소들은 핌불의 푸른 언덕에서 풀을 뜯다가도 휘파람만 불면 내려와 고분고분 잡혀주었다. 밸프레드가 꼬리를 내린 것은, 중위가 베슬 마리호에서 구입한 노간주나무 열매주를 두 병 가져왔을 때였다.

두 사람은 기지 소유의 모터보트인 노새를 타고 떠날 준비를 했다. 노새라는 이름은 잘 움직이지 않는 크랭크 핸들 탓에 붙여진 이름이었다. 중위는 마른 짚으로 속을 채운 매트를 가져다가 배의 가운데에 깔았다. 밸프레드가 편히 누울 수 있도록 배려한 것이었다. 그런 다음 중위는 키 뒤로 가서 자리를 잡았다. 잠시 후, 두 사람은 투투-투투 소리를 내며 핌불만을 빠져나갔다.

중위처럼 훈련된 군인은 방향을 잘 잡았다. 피오르도 고대 도시처럼 쭉쭉 뻗어 있어서 좌회전을 연달아 두 번 하고, 우회전을 한 번 하면 바다표범이 득실거리는 얼음 피오르에 진입할 수 있었다.

그런데 한참이 지난 후에도 그들은 삼면이 얼지 않은 바다 한가운데 떠 있었다. 등 뒤에는 무리를 지어 풀을 뜯는 공룡 모양의 해안이 보였는데, 아마도 황홀한 풍경에 넋이 나가 피오르 입구를 지나친 것 같았다. 한센은 서둘러 밸프레드를 깨웠다.

밸프레드는 놀랄 만큼 빠른 속도로 잠에서 깼다. 일어나서는 잽싸게 갑판 난간 위를 살피고 곧바로 배의 위치를 파악했다.

"중위, 이쪽으로 계속 가다가는 며칠 뒤에 아이슬란드에 도착해. 헤, 헤, 거기 가서 잘 정류된 화주나 사올까?"

밸프레드가 매트를 떠나 키를 잡았다.

중위는 뱃머리에 서서 생각에 잠겼다. 곰곰이 지난 항해를 되짚어보았지만, 어디서 길을 잘못 든 것인지 알 수가 없었다.

저녁이 되자 밸프레드와 한센 중위는 얼음 피오르 근처의 악어 만에 캠프를 쳤다. 악어 만이라고 해서 악어가 실제로 사는 것은 아니었다. 만조에는 보이지 않지만, 악어의 이빨처럼 비죽비죽 자라난 암초 때문에 그런 이름이 붙은 것이었다. 두 사람은 텐트를 세우고, 버너에 불을 붙였다.

만은 믿을 수 없을 만큼 아름다웠다. 빙산에 묻어난 지난겨울의 흔적은 광기에 사로잡힌 예술가가 파랗고 잔잔한 물결에 흰 조각품을 던져 놓은 듯 눈이 부셨다. 움직이는 것이라고는 수면에 반사된 한여름의 구름과, 빙산이 녹으며 바다에 그리는 파문이 전부였다. 만의 북쪽 끝에는 널따란 골짜기가 검은 암벽을 둘로 가르고 있었다. 골짜기 아래로는 청보랏빛 히스 꽃이 만발했고, 쌓인 지 오래되어 거뭇거뭇해진 눈이 암벽 위를 뒤덮었다. 골짜기 너머로 우뚝 선 대륙빙하는 거대한 성곽처럼 깊은 그늘을 드리웠다.

얼음 피오르에서 녹아내린 얼음조각이 '첨벙' 하는 소리가 가까이 들렸고, 그와 동시에 멀리 메아리쳤다. 밸프레드도 아름다운 자연 경관에 넋을 잃고 감탄을 연발했다. 좋아하는 잠도 포기하고 텐트 밖으로 나와 풍경을 감상할 정도였다.

"한센, 저것 좀 봐!" 그가 말했다. "이런 풍경은 프레데리시아에 있었다면 절대로 보지 못했을 거야. 정말 멋있다! 문신 예술가도 이런 풍경은 새기지 못할 거야. 그래도 오해는 마. 그는 내가 만난 가장 위대한 예술가였으니까. 나를 믿어도 좋아."

중위는 말없이 고개를 끄덕였다. 밸프레드의 말처럼 눈이 부시게 아름다운 풍경이었다. 눈 쌓인 산봉우리 사이로 햇살이 내리비치며 푸른 수면은 은빛으로 반짝였고, 피오르 곳곳의 검은 부분들과 기막힌 조화를 이루었다. 빙산은 여름 동안 녹으며 반들반들 윤이 났고, 골짜기에서 해변까지 이어진 초원이 저녁 햇살에 분홍빛으로 물들었다.

구름을 뚫을 듯 높이 치솟은 산봉우리 사이로 대륙 빙하가 만을 지나 피오르까지 끊어지지 않고 펼쳐졌다. 텐트에서 내다보는 빙하는 앞으로 쭉 내민 혀 같은 모양으로, 거대한 지붕처럼 해수면을 덮고 있었다.

중위는 경이로움에 숨을 깊이 들이마셨다. 그리고 천천히 얼음이 녹아내리는 소리에 귀를 기울였다. 어디선가 들어본 소리였다.

"꼭 대포 소리 같아." 그가 말했다.

뺄프레드는 배 위로 두 손을 모아 잡았다.

"뭐라고? 아냐, 한센. 이건 자연이 내는 소리야. 순수한 대자연이 내는 소리!"

중위의 말대로 얼음 피오르에는 바다표범이 득실거렸다. 녀석들은 천진한 눈으로 콧수염을 움직이며 공처럼 작고 까만 머리를 빙판 위로 내밀었다. 호기심도 많아서 뺄프레드가 휘파람을 불어 유인하자 순식간에 배 근처로 몰려들었다.

첫날에만 바다표범이 열두 마리나 잡혔다. 두 사람은 포획물을 텐트 옆에 차곡차곡 쌓은 다음, 가죽을 벗기고 내장을 제거했다. 고기는 돌무더기 밑에 숨겼다. 쓸

모없는 부위는 날카롭게 울며 해체 현장을 맴도는 갈매기 떼에게 던져주었다. 저녁 식사는 중위가 담당했다. 그는 밸프레드가 알려준 레시피에 따라 포피에트*와 바다표범 지느러미 수프를 만들었다. 디저트는 백악수에 띄운 싱싱한 월귤이었다. 달콤한 저녁 식사를 마친 뒤, 두 사람은 곧바로 단잠에 빠져들었다.

이튿날에는 밸프레드까지 사냥에 심취했다. 그는 아침 열 시부터 일어나 중위가 만들어준 귀리죽을 먹고, 커피를 마시고, 시가를 피웠다. 두 사람은 모터 소리를 울리며 피오르 근처의 빙산에 배를 댔다. 점심을 먹기도 전에 바다표범이 세 마리나 잡혔다. 밸프레드는 숨을 헐떡이며 잡아들인 바다표범을 배 위로 끌어올렸다.

"한센, 좀 쉬었다가 하자. 이렇게 하다가는 겨우내 바다표범 고기만 먹겠어."

밸프레드가 주위를 둘러보다가 손가락으로 육지를 가리켰다.

"한센, 보통 저런 데 안젤리카가 많아. 우리 안젤리카 새싹으로 샐러드를 만들어 먹을까? 신선한 해초도 넣

---

* 채소로 속을 넣어 둥글게 만 고기 요리.

으면 더 맛있어. 저쪽으로 가봐. 난 좀 누워서 오후에 할 일을 생각해볼게. 그동안 넌 식사 준비를 해."

밸프레드의 제안에 한센이 고개를 끄덕였다. 바다 냄새에 시장기가 느껴졌다. 그는 두 다리를 벌리고 크랭크 핸들 앞에 섰다. 그때였다. 상상도 못 한 일이 눈앞에서 벌어졌다.

수천 톤은 나갈 법한 빙산이 무시무시한 굉음을 내며 무너져 내렸다. 파도가 일었고, 노새가 하늘로 솟구쳐 올랐다. 밸프레드는 중위에게 모터에 시동을 걸라고 소리쳤다.

한센은 크랭크 핸들을 돌렸다. 그런데 배가 너무 흔들려서 도저히 균형을 잡을 수가 없었다.

"한센, 시동을 걸라니까!" 밸프레드가 온 힘을 다해 매트를 붙잡고 소리쳤다.

순식간에 벌어진 일에 두 사람 모두 당황했다.

거센 파도가 주변에 있던 빙산을 뒤흔들었다. 모터보트에서 가장 가까이 있던 빙산은 갓 걸음마를 배운 어린애처럼 벌러덩 뒤로 자빠졌다. 그 바람에 연두색 얼음덩이가 배 밑을 파고들었다. 배는 그대로 얼음 위를 미끄러지다가 크레바스 안으로 곤두박질쳤다. 한센은 멋지게 반원을 그리며 공중으로 솟구쳐 오르더니 난간을 넘어 바다 속으로 머리를 처박았다.

밸프레드가 사라진 중위를 찾아 사방으로 두리번거렸다.

"한센, 한센!" 그가 소리쳤다. "어디 있어?"

반대 방향으로 기우뚱하던 빙산이 수평을 되찾으며 파도가 잠잠해졌다. 그제야 한센은 수면 위로 고개를 내밀었다. 그는 새파란 얼굴로 고래처럼 입으로 물을 내뿜었다.

"염병할, 거긴 왜 들어갔어?" 밸프레드가 고함을 쳤다.

"헤, 헤엄을 못 치겠어……." 중위가 숨을 몰아쉬었다. "사, 살려줘. 이러다 빠져 죽겠어……!"

밸프레드는 엉금엉금 기어서 뱃머리로 올라갔다. 뱃전 너머로 닻을 던지며 그가 소리쳤다.

"한센, 이걸 붙잡아. 내가 잡아당길 테니까."

중위는 차디찬 금속 닻을 잡으려고 애를 썼다. 그런데 손이 꽁꽁 얼어서 힘이 들어가지 않았다.

"밸프레드, 못 하겠어."

"한센, 그러면 바지에 걸어! 어떻게든 해보라고! 안 그러면 난 올해도 혼자 지내야 해!"

중위는 몸을 뒤틀어 갈고리 한쪽 끝을 바지 허리띠에 걸었다. 북극에서 살기 시작한 지 1년도 지나지 않아서 맞이한 두 번째 죽을 고비였다.

밸프레드는 중위를 힘껏 끌어올렸다. 젖은 옷을 홀딱 벗기고, 자기가 입고 있던 바지와 두꺼운 아이슬란드 스웨터를 벗어 입히고, 짚을 채운 매트에 눕혔다. 응급처치를 마친 그는 털조끼에 내복바지 차림이었다. 뱃전에 앉아 그가 한센에게 말을 걸었다.

"한센, 정신 차려, 이겨낼 수 있지? 엉?"

한센이 추위에 몸을 바들바들 떨며 대답했다.

"밸프레드, 우리가 왜 아직 여기에 있어? 어서 여길 빠져나가야 해. 얼음이 또 떨어지면 어떻게 해."

밸프레드가 난처한 듯 입맛을 쩝쩝 다시며 대답했다.

"한센, 빙산은 이제 위험하지 않아. 당분간은 새끼를 낳지 않을 거니까. 그런데 여기서 나가는 건 말처럼 쉬운 게 아냐. 물이 없어서 프로펠러를 돌릴 수가 없거든. 우린 지금 굉장히 높은 곳에 올라와 있어."

중위는 팔꿈치를 괴고 상반신을 들었다. 난간 너머를 확인한 뒤에야 그는 상황을 깨닫고 눈을 커다랗게 떴다.

"어, 이게 어떻게 된 거야? 밸프레드, 배를 어떻게 여기까지 끌어올렸어?"

"헤, 헤, 굉장하지? 솔직히 말하면 나도 잘 몰라. 그런데 지금 중요한 건 그게 아니야. 어떻게 내려가느냐, 그게 문제거든." 밸프레드가 대답했다.

빙산은 두 사람을 부드럽게 흔들며 서서히 빙하를 등지고 피오르 입구를 향해 움직였다. 재빨리 판단해본 결과, 배는 해수면에서 10여 미터 위에 올라와 있었고, 우현 바닥이 거의 다 박살이 나 있었다.

"노새가 당했어. 이걸 좀 봐, 배 바닥이 박살났어. 이런 상태로는 여기에 그냥 있는 게 제일 안전해. 바다로 들어가면 벌어진 아가리로 물이 쏟아져 들어올 테니까. 어휴, 생각만 해도 끔찍하다."

"어떻게 이럴 수 있지? 믿을 수가 없어." 중위는 밸프레드의 옷 속에서 몸이 따뜻해졌다. 그가 넋 나간 표정으로 밸프레드를 쳐다보았다.

"배가 어떻게 여기에 올라왔지? 아무 일도 없었잖아."

"아냐, 한센, 아무 일도 없었다고는 할 수 없어. 자연은 여자의 마음처럼 변덕스럽거든. 그런데 나도 잘 믿기지 않아. 다른 사람이 배를 타고 빙산 꼭대기까지 올라갔다면 나도 코웃음을 쳤을 거야. 세상에 허풍쟁이들이 좀 많아? 우리들 중에도 많잖아. 그래도 우리는 좀 다르기는 해. 대자연을 닮아서 말을 부풀리는 것뿐이니까. 그러고 보면, 자연의 웅장함에 인간도 길들여지나 봐. 우리로서는 대단한 행운이지. 사냥꾼이나 선원들 중에

원시가 많은 것도 늘 멀리 보기 때문이야. 공붓벌레들은 책에 코를 박고 사니까 근시가 되는 거고."

밸프레드는 한 손으로 머리를 괬다.

"사실 나도 처음에는 당황했어. 뭘 어떻게 해야 할지 아무 생각도 안 났거든. 순식간에 벌어진 일이라서 그랬나 봐. 난 뭐든 적당한 속도일 때 잘하잖아. 그런데 이번엔 진짜 너무 빨랐어. 그래도 이건 알겠어. 빙하가 새끼를 깠고, 빙산이 뒤집어졌고, 네가 물에 빠졌고, 배가 높이 올라왔다는 것."

중위가 고개를 끄덕였다.

"좀 더 자세하게 설명해봐. 회사에 올릴 보고서를 작성해야 하니까. 이런 건 정확해야 해."

밸프레드가 턱을 긁으며 껄껄 웃었다.

"걱정 마, 한센. 보고서에 쓸 말은 금방 지어낼 수 있어." 밸프레드가 한센을 향해 한쪽 눈을 찡긋했다.

"아니야, 밸프레드. 보고서는 객관적인 관점에서 사실 그대로 작성해야 해. 꾸며서 쓰면 안 돼. 군대에서도 그랬으니까, 회사에서도 그렇게 할 거야."

밸프레드는 코를 긁었다.

"뭐, 정 그렇다면야, 네가 하고 싶은 대로 해. 그런데 네 말대로 하면 상황이 좀 복잡해져. 이런 경우는 진실을 밝히기가 영 어렵거든. 생각해봐. 배를 타고 하늘을 난 원정을 어떻게 사실 그대로, 객관적으로 써? 한센, 그건 불가능해. 어차피 사실대로 보이게 하려면 거짓말을 좀 섞어야 할 거야."

그날 오후, 밸프레드와 한센 중위는 빙산 꼭대기에 앉아서 육지에 세운 캠프가 눈앞을 지나 멀어지는 광경을 지켜봐야 했다. 습기를 머금어 반들반들 윤이 나는 큼지막한 텐트가 속절없이 멀어져가고 있었다. 두 사람은 한동안 텐트에서 눈을 떼지 못했다. 특히 밸프레드가 그랬다. 그는 슬퍼하기까지 했다. 식료품 상자 안에 노간주나무 열매주를 두 병 다 두고 왔기 때문이다. 이제는 있어도 있으나 마나 한 것이 되어버린 술을 생각하며 밸프레드가 중얼거렸다.

"최악이야!"

"뭐가?" 중위가 물었다.

"네가 가져온 술 말이야. 저기 있어서 이젠 마실 수가 없잖아. 곰이 텐트를 뒤지다가 발견하면 어쩌지? 사향소가 밟아버리면? 염병할, 재앙도 이런 재앙이 없어."

"하하, 밸프레드, 너무 상심하지 마. 그런 일이 생겨도 우리가 잃어버리는 건 한 병뿐이니까. 만일의 경우를 대비해 내가 한 병 챙겨왔거든."

밸프레드는 눈이 번쩍 떠졌다. "오, 하느님, 감사합니다! 한센, 정말 잘했어!"

그가 마른 입술을 핥았다. "그 만일의 경우가 혹시 지금은 아닐까?"

중위는 입을 다물고 곰곰이 생각했다.

"글쎄, 잘 모르겠어. 다리가 부러지거나 그 비슷한 경우를 생각해서 가져온 거라서. 이런 일이 생길 줄은 몰랐거든."

"잘 생각해봐. 다리는 아니지만 부서진 게 많잖아." 밸프레드가 반박했다. "골치 아픈 걸로 치자면 다리 하나 부러진 것보다 못할 것도 없지. 안 그래? 똑똑한 의사라면 이럴 때 최고급 슈냅스를 처방할 거야. 정신 건강을 위해서."

두 사람은 배낭에서 노간주나무 열매주를 꺼내 각자한 모금씩 마셨다. 술기운 덕분에 한센의 얼굴에 금세 화색이 돌았다. 거품을 제하고 스물여섯 모금이 남은 술병을 들여다보며 밸프레드가 흐뭇한 표정을 지었다.

"한센, 이런 게 바로 인생의 묘미 같아. 다채롭잖아. 이번 일도 그래. 가만히 생각해보면 더한 일도 많아. 아무 준비 없이 긴 여행을 떠나는 사람도 있으니까. 그에

비하면 우린 운이 좋아." 밸프레드가 노간주나무 열매
주를 다정한 눈으로 바라보며 다시 말을 이었다. "한
센, 큰 줄기를 볼 줄 알아야 해. 그러면 인생도 놀랍고
아름답게 보이거든."

중위는 아무 말도 하지 않았다. 그는 다른 생각에 빠
져 있었다. 캠프를 바라보고 있자니 침낭과 수북이 핀
히스 꽃, 마른 옷가지가 떠올랐다. 익사할 위기에서 구
조된 직후에는 너무 추워서 밸프레드의 옷이 축복 같았
지만, 몸이 따뜻해지자 옷에서 나는 악취를 견디기 어려
웠다.

"밸프레드, 정말로 불가능하다고 생각해? 우리가 육
지로 못 건너갈까?" 생각을 마치고 마침내 그가 물었다.

"헤, 헤, 아예 불가능한 건 아니야." 밸프레드가 대답
했다. "세상에 불가능이란 없으니까. 군인이었으니 너도
알 거야. 몸이 성하고 운도 좀 따라주면 못 할 것도 없
다는 걸. 그런데 저기까지 가려면 바다가 꽁꽁 얼어야
해. 육지까지 헤엄쳐서 갈 수는 없으니까. 아니면 바다표
범처럼 지방이 두껍고, 발가락 사이에 물갈퀴가 달렸거
나. 다시 말하지만, 얼어붙은 바닷물 속에서는 아무도
오래 못 버텨. 아무렴, 이런 꼴로는 엄두도 못 낼 일이지.
그냥 가만히 있는 게 나아."

밸프레드는 매트 위에 누워 긴장을 풀었다. 따뜻한 햇살이 24시간 내내 내리쬐는 한 크게 걱정할 일은 없었다. 그는 한참을 여유롭게 빈둥거렸다. 그러다가 갑자기 사냥해 잡은 바다표범의 수를 세더니 다음과 같이 말했다.

"조금만 다르게 생각해보면 꼭 여길 빠져나가야 할 이유도 없어. 고기도 남아돌 정도로 많고, 버너랑 냄비도 있고, 석유도 충분하니까. 게다가 슈냅스도 있잖아. 우리가 어디로 가는지는 신만이 알겠지만, 힘들이지 않고 이렇게 공짜로 여행도 하고 말이야. 얼마나 다행이야, 더 나쁜 일이 안 생긴 게. 안 그래?"

"그건 그렇지만."

중위는 밸프레드의 말에 동의할 수 없었다. 바다 건너에 텐트가 있었다. 슈라우드*가 하나하나 식별될 정도로 가까운 거리였다. 하지만 물리적인 거리와는 상관없이, 중국 해안처럼 멀게 느껴지는 것도 사실이었다. 바깥 세상과 접촉할 가능성이 깔고 앉은 얼음덩어리 하나에

---

* 요트의 돛대 꼭대기에서 양쪽 현에 매어 돛대가 꼿꼿이 서게 하는 강철 밧줄.

달려 있다니, 한센은 믿고 싶지 않았다. 그렇지만 빙산이 움직이는 대로 따라가는 것 외에는 다른 길이 없었다. 그가 말했다.

"여기서 영영 내려가지 못하면 어떻게 하지?"

"곧 내려갈 수 있을 거야. 내 말을 믿어."

밸프레드가 돌아누우며 팔베개를 했다.

"요 못된 녀석이 다시 한번 뒤집힐지도 모르거든. 그럴 가능성이 크지. 그러면 생각했던 것보다 훨씬 빨리 여기서 내려가게 될 거야. 녀석이 가만히 있으면, 몇 달 뒤에는 틀림없이 뉴욕에 도착할 거고."

한센은 몸서리를 쳤다. 바다 속으로 다시 빠질 생각을 하니 끔찍했다. 뉴욕을 방문하고 싶은 마음도 없었다.

"밸프레드, 그럼 우린 이제 어떻게 해?" 그가 물었다.

"어떻게 하느냐고?" 밸프레드는 밝은 여름 하늘을 올려다보았다. "형식적이기는 하지만, 번갈아가며 보초를 설 수는 있겠지. 한 사람이 보초를 서는 동안 다른 한 사람은 이불 속에서 눈을 좀 붙이면서."

밸프레드의 말에 중위가 뱃머리로 올라갔다.

"내가 먼저 보초를 설게."

"오, 자상도 해라!" 밸프레드가 중얼거렸다. "넌 정말 좋은 친구야. 그럼 난 딱 한 모금만 더 마실게. 정신

건강을 위해서. 너도 줄까?"

"아니, 고맙지만 사양할게." 한센은 등을 곧추세우고 날카로운 시선으로 현재 그들이 있는 일각수 만을 살펴보았다.

"난 근무 중에는 술을 안 마셔."

밸프레드가 술병 마개를 비틀었다.

"신의 가호가 있기를! 한센, 그럼 내가 네 몫까지 마셔도 될까? 너 한 입, 나 한 입, 짝수로 남겨둬야 좋을 것 같아서 그래."

"알았어. 그렇게 해." 중위는 미간을 찌푸리고 다시 망을 보기 시작했다.

"헤헤, 고마워." 밸프레드는 술을 입에 머금고 몇 차례 입을 헹궜다.

"헤헤, 네가 그렇게 망을 봐주니까 좋다. 덕분에 짚을 껴안고 한두 시간 잘 수 있겠어. 심심하면 노래를 해. 도움이 될 거야. 그래도 난 잘 자니까 걱정 말고."

두 사람은 썰물을 타고 그린란드 바다를 항해했다. 빙산은 그린란드 한류를 타고 남쪽으로 가고 있었다. 중위가 보초를 서는 동안, 밸프레드는 큰 소리로 코를 골았다. 한센은 걱정이 태산이었다. 머릿속이 복잡했고 마음도 불안했다. 이따금 부대에서 보낸 날들과 안락한 도시 생활을 떠올리며 향수에 젖기도 했다. 그럴 때면 군 생활을 할 때가 제일 행복했다는 생각이 들었다. 군대에서는 대신 책임져줄 상사가 있었고, 부릴 수 있는 병사도 많았다. 그만큼 편한 삶도 없었다. 밸프레드와 단둘이 드넓은 바다 한가운데를 표류하는 지금과는 모든 점에서 판이하게 달랐다. 배는 해수면에서 10여 미터 상공에 올라앉아 있었다. 도와줄 사람도, 명령을 내릴 부하도, 기댈 상급자도, 대신 책임져줄 사람도 없었다. 기지 대장인 밸프레드에게 책임을 물을 수는 있었다. 하지만 그는 잠이나 잘 뿐, 답답할 정도로 침착했다.

한센 중위는 머리를 싸매고 생각했다. 그러고는 밸프레드의 반응이 최선이라는 결론에 도달했다. 사실, 잘 자고 잘 쉬는 것 외에는 딱히 할 일이 없었다. 바다, 빙산, 멀리 보이는 해안 외에는 지나가는 배도, 사람도 없어서 딱히 보초를 설 이유가 없었기 때문이다. 생각이 정리되자 슬슬 졸음이 밀려왔다. 한센 중위는 망보기를 중단하고 난간에 기대어 잠이 들었다.

둘 중에 먼저 잠이 깬 사람은 밸프레드였다. 그는 갑자기 눈을 뜨고 일어나더니 술병을 향해 팔을 뻗었다.

"빌어먹을," 그가 중얼거렸다. "이럴 줄 알았어, 괜히 악몽을 꾼 게 아니었어! 망할 놈의 햇볕 같으니라고! 술이 뜨끈뜨끈해!"

밸프레드는 조심스럽게 술병을 옆으로 밀어내고, 칼집에서 기다란 사냥용 칼을 꺼냈다. 그러더니 부서진 난간에 걸터앉아서 빙산을 바라보며 얼음을 파내기 시작했다. 마찰음과 사방으로 튀는 얼음 조각이 한센 중위의 잠을 깨웠다.

"밸프레드, 뭘 하는 거야? 벽이 마음에 안 들어?"

"아, 한센, 깼어? 술이 펄펄 끓어서 냉장고를 만들고 있어. 이렇게 좋은 술을 아무렇게나 두면 안 되잖아."

밸프레드가 칼로 빙산을 찌르고, 쑤시고, 파내는 동안 사방으로 얼음 가루가 튀어 올랐다.

"한센, 난 냉장고를 만들 테니까, 넌 냉동실을 하나 만들어. 큼지막하게. 상하기 전에 얼른 바다표범 고기를 냉동시켜야겠어."

밸프레드가 한쪽 팔을 구멍에 집어넣고 얼음 조각을 밖으로 쓸어냈다.

"자, 다 됐다! 이제 술을 넣고 차갑게 식히면 돼. 한센, 내가 바다표범 고기를 자를 테니까, 넌 빨리 냉동고를 만들어. 다 하고 나면 내가 커피를 끓여줄게."

빙산 위에서의 새로운 하루가 시작되었다. 날씨가 좋

아 하늘은 파랗고 태양은 이글거렸다. 두 사람은 물 밑으로 얼음 조각을 흩뿌리며 천천히 이동하는 빙산을 타고 앤틸리스제도로 흘러갔다.

바다표범 고기를 넣을 얼음 구멍을 완성해놓고 두 사람은 차가워진 슈냅스와 커피를 마셨다. 냉동고를 쳐다보며 중위가 식자재를 하루 분량으로 나누어 보관하자고 제안했다. 밸프레드는 고개를 저었다. 빙산 위의 휴가가 언제까지 지속될지 모른다는 이유였다. 밸프레드는 술을 보관하는 구멍 안을 뚫어져라 쳐다보며 생각에 잠긴 듯, 한동안 말이 없었다. 잠시 후, 그가 입을 열었다.

"한센, 그냥 있는 대로 먹자. 먹을 게 떨어지면 사냥을 하면 되니까. 문제는 술인데…… 이건 네 말대로 나눠서 보관하는 게 좋겠어."

그가 고개를 흔들고 웃음을 터뜨렸다.

"헤, 헤, 술을 하루에 한 모금밖에 마시지 못하는 게 더 큰 고문이겠어. 차라리 다 마시고, 없으면 없는 대로 지내자. 염병할, 술 없이 지낼 상상을 하니까 또 생각이 나네. 예전에 정말 힘들었던 적이 있었거든. 한 10년 됐어. 겨울이었는데, 그때도 그랬어. 이건 좀 다른 얘긴데, 그때 같이 지냈던 동료가 한 명 있었어. 샛길로 좀 많이 샌 녀석이었지. 그런데 놈이 나중에 대들보에 목을 매고 죽었어." 밸프레드는 호주머니에서 씹는담배를 꺼냈다.

"그해 겨울은 정말 혹독했어. 처음에는 바람만 불었어. 빙원에서 시작된 푄 현상 때문이었지. 그러다가 폭풍우가 몰아쳤어. 비가 내리고 우박이 떨어지더니, 나중에는 온갖 게 다 쏟아졌어. 바람이 얼마나 센지 수백 리터짜리 석유통이 집에서 해변까지 날아갔어. 고기 건조대도 날아가고, 겨울을 날 식량도 날아가고, 지붕도 뜯겨나갔어. 살다 살다 그런 폭풍은 처음이었어. 한센, 너도 그걸 봤어야 해. 정말 굉장했거든. 어쨌든, 그렇게 며칠 비바람이 몰아치더니 갑자기 북풍이 불며 혹한이 닥쳤어. 날씨가 미친 거였지. 얼마나 추웠는지 몰라. 밖에서 오줌을 눌 엄두도 나지 않았어. 소변 줄기랑 같이 그대로 얼어버릴까 봐 무서웠거든. 정말 난리도 아니었어. 생각해 봐. 한바탕 뜨거운 비가 쏟아져서 눈을 몽땅 쓸어가더니 모든 것이 찬바람에 꽁꽁 얼어붙는 걸! 사방이 빙판으로 뒤덮였어. 천지가 거울처럼 반들반들했지. 산은 죄다 미끄럼틀로 변했어. 더위를 피해 산에 올라갔던 소들도 내려오다가 엉덩방아를 찧고 다리나 목이 부러졌어. 개들도 빙판에 발이 찢어져서 아무데도 갈 수가 없었어. 그러다 결국 눈이 내리기 시작했는데, 도무지 그치지를 않는 거야. 한센, 난 그때 눈이 온다는 게 어떤 건지 확실히 알았어. 순식간에 눈이 굴뚝 위에 쌓여서 1분에 한 번씩 밖으로 나가 삽으로 눈을 치워야 했거든. 화덕에 공기가 통해야 불을 땔 거 아니야."

밸프레드가 씹던 담배를 꺼내 호주머니 안에 집어넣었다. 아껴뒀다 다시 씹기 위해서였다.

"그래도 그건 괜찮았어." 그가 말을 이었다. "먹을 것도 있고 따뜻한 집 안에 있었으니까. 진짜로 힘들었던 건 다른 일 때문이었어. 폭풍에 침대 위 선반이 흔들리면서 술 두 병이랑 증류기가 바닥에 떨어진 거야. 나는 바닥에 쏟아진 술을 싹 다 핥아 먹었어. 덕분에 그날 난 종일 취해서 혓바닥에 박힌 가시를 빼내야 했어. 그 뒤로 몇 달간은 증류기가 망가져서 술 없이 지내야 했어. 한센, 술 없이 보내는 겨울이 어떤지 넌 모를 거야. 앞으로도 몰랐으면 좋겠어. 그건 그렇고, 술을 두 병 다 챙겨오지 그랬어? 이럴 때는 한 사람당 한 병씩 마셔도 모자라잖아."

애석하다는 듯 중위가 어깨를 으쓱했다. 밸프레드가 수다를 떠는 동안 그는 사태를 어떻게 수습할지 생각하다가 탈출 계획부터 세우자는 결론을 내렸다. 그가 밸프레드에게 자신의 생각을 털어놓았다. 그런데 밸프레드는 알아듣지 못한 눈치였다. 중위는 설명을 시작했다.

"그러니까 내 말은, 무슨 일이 일어날지 생각을 좀 해 보자는 거야. 대책 없이 가만히 앉아 있다가 당할 수는 없잖아."

밸프레드가 고개를 끄덕였다. 여기까지는 잘 따라오고 있다는 신호였다. 이에 중위가 용기를 얻고 다시 입을 열었다.

"모든 가능성을 고려해야 해. 어떤 일이 일어날지 모르니까. 예를 들면 이런 거야. 해안 가까이에서 빙산이 좌초될 경우에는 어떻게 할까? 녀석이 또다시 뒤집어지면 그땐 또 어떻게 하고, 갈라져서 가라앉을 경우에는 뭘 하면 되는지, 뭐 이런 거 말이야."

밸프레드가 고개를 끄덕였다.

"아, 무슨 말인지 알겠어. 그런데 그래서 뭘 어쩌자는 건데?"

"그러니까 탈출 계획을 짜야 한단 말이야. 각기 다른 상황에 따라 어떻게 할지 하나하나 짚어보고 계획을 세우자는 거지."

밸프레드가 팔을 뻗어 버너의 불을 껐다.

"한센, 넌 정말 유능해. 똑 부러지게 말도 잘하고. 그런데 이번에는 좀 아닌 것 같아. 네가 말한 대로, 빙산이

해안 가까이에서 좌초되면 내려가서 집으로 걸어가면 돼. 너무 멀지만 않다면 가능하지. 그런데 다른 두 경우에는 최대한 빨리 죽을 수 있게 입을 크게 벌리고 가능한 한 많은 물을 마시는 게 나아. 죽는 데 무슨 계획이 필요하겠어, 안 그래? 탈출을 하는 것도 그래. 할 수만 있다면 해야지. 그런데 너무 늦었어. 뭘 타고 탈출할 건데? 대책을 세울 수가 없잖아. 그러니까 괜히 이런 일로 머리 터지게 생각할 필요가 없어. 심심해서 그러는 거라면 또 모를까. 그러고 보니 생각났네. 카드도 가져왔으면 좋았을걸 그랬어."

밸프레드의 말에 중위는 탈출 계획을 머리에서 지웠다. 그리고 다른 할 일을 찾았다. 그는 천성적으로 부지런하고 뭐든 열심히 하는 성격이라서 가만히 앉아 유람이나 즐길 수가 없었다.

잠시 생각에 잠겨 있던 그가 또 다른 제안을 했다.

"저 아래까지 계단을 만들까?"

중위의 말에 밸프레드가 입을 벌리고 다물지 못했다.

"방금 뭐라고 했어? 계단? 그딴 건 만들어서 뭐에 쓰려고?"

"그냥 계단이 있으면 좋잖아." 한센은 뜻을 굽히지 않았다.

"분명히 어딘가 쓸모가 있을 거야."

밸프레드는 고개를 끄덕였다. 한센의 상태가 걱정스럽고 대들보에 목을 맨 옛 동료가 생각나서였다. 그는 경험을 통해 알고 있었다. 이런 경우에는 공연히 반대를 해서 상대방의 심기를 건드리지 말아야 했다.

"알았어, 마음대로 해. 자기가 만들겠다는데 내가 못하게 할 이유는 없지. 대신 하나만 약속해. 다시는 물에 빠지지 않겠다고. 그런 꼴은 두 번 다시 보고 싶지 않거든."

그래서 한센 중위는 계단을 만들기 시작했다. 허리춤에 밧줄을 감아 타수석에 단단히 고정시키고, 밸프레드의 칼을 들고 뱃전을 뛰어넘었다. 꼬박 하루 반 동안 얼음을 깎고 다듬은 끝에, 마침내 계단이 완성되었다. 안으로 살짝 굽기는 했지만 나름대로 근사한 모양새였다. 전 세계에서 유일한, 계단식 빙산이었다.

중위가 계단을 만드는 동안, 밸프레드는 가끔씩 난간 위로 머리를 내밀고 작업 중인 동료를 살폈다. 계단을 왜 만드는지 여전히 이해할 수 없었지만 별다른 말은 하지 않았다. 한센은 선하고, 호감이 가는 사내였다. 밸프레드는 그런 동료의 선택을 믿었다.

밸프레드는 한센에게 내일 밤엔 자기가 망을 보겠다고 약속했다. 그런 다음, 슈냅스를 한 모금 마시고는 삽을 머리 위에 얹고 잠이 들었다. 한밤중에도 밝게 내리쬐는 햇볕을 가리기 위해서였다. 중위는 피곤한 몸을 이끌고 뱃전으로 올라가 배낭, 돛, 밸프레드의 아이슬란드 스웨터로 잠자리를 만들고 곧바로 잠이 들었다. '푸우' 하고 그가 숨을 내뿜을 때마다 멋들어진 콧수염이 위 아래로 달싹였다.

항해 9일째가 되어 니보곳을 지날 때였다. 밸프레드가 아는 바에 따르면 니보곳은 연안의 최남단에 위치했다.

"염병할," 밸프레드가 말했다. "술도 없고 먹을 것도 없고, 난리도 아니네." 그는 총을 꺼내 장전했다.

"한센, 이러다간 굶어 죽겠어. 바다표범이나 한 마리 잡자."

첫 번째 포획물은 밸프레드가 쏜 총을 맞고 앉은 자리에서 영혼을 반납했다. 사냥꾼들을 태운 빙산이 천천히 곁을 지나갈 때도 물에 뜬 채로 꿈쩍하지 않았다.

"밸프레드, 저걸 어떻게 건지지?" 중위가 물었다.

"훌륭한 질문이야." 밸프레드가 말했다. "그런데 나도 잘 모르겠어. 바닷바람을 너무 쐬어서 머리가 나빠졌나 봐. 아무 생각도 안 나. 괜히 새우들 점심상만 차려준 것 같아."

밸프레드는 담배 파이프를 꺼내 속을 채웠다.

"생각을 좀 해봐야겠어." 밸프레드가 말했다. 잠시 후, 그가 해결책을 찾았다.

"한센, 이렇게 하자. 네가 만든 예쁜 계단이 보이지? 밧줄을 허리에 묶고 계단 맨 끝에 가서 기다려. 그러다 내가 바다표범을 죽이면 가서 건져 오고."

중위가 눈살을 찌푸리며 밸프레드를 쳐다보았다.

"나보고 물속에 뛰어들라는 말이야? 고작 바다표범 하나를 건지려고?"

"맞아. 괜찮은 생각이지?" 밸프레드가 미소를 지었다. "난 네가 이제 추위에 제법 익숙해졌을 거라고 생각해. 이 방면에 경험이 제일 많은 사람도 너고. 안 그래?"

중위는 또다시 물에 빠지고 싶지는 않았다. 그러나 냉동고를 채울 다른 방법이 없었다. 결국 그는 밸프레드의 제안을 받아들였다. 한센 중위는 허리에 밧줄을 동여매고 착잡한 심정으로 빙산을 내려갔다.

한 시간 남짓 기다린 끝에 밸프레드에게 바다표범을 잡을 새로운 기회가 찾아왔다. 밸프레드가 휘파람을 불자, 커다란 턱수염바다물범이 고맙게도 잠수까지 해가며 다가왔다. 잠시 후, 중위가 침을 뱉으면 닿을 만큼 거리가 좁혀졌다. 밸프레드는 기회를 놓치지 않고 방아쇠를 당겼다. 총알이 바다표범의 피하지방을 뚫었다. 포획물이 움직이지 않는 것을 확인하고 그가 소리쳤다.

"한센, 지금이야. 얼른 뛰어들어!" 밸프레드는 무릎 위에 총을 올려놓고 담배 파이프에 불을 붙였다.

중위는 숨을 크게 들이마시고 바다 속으로 뛰어들었다. 그런 다음, 바다표범의 지느러미 뒤로 헤엄쳐 가서 포획물을 붙잡고 수면 위로 고개를 들어올렸다.

"밸프레드, 밧줄을 당겨." 중위가 신음했다.

중위가 보내는 신호에 맞추어, 밸프레드는 총을 내려놓고 밧줄을 잡아당겼다.

그런데 예상치 못한 일이 발생했다. 포획물의 숨이 끊어지지 않은 것이다. 총알이 머리를 스치면서 바다표범은 잠시 기절한 것뿐이었다. 지느러미 근처에서 느껴지는 중위의 손길에 턱수염바다물범은 정신을 차렸다. 그리고 신경질적으로 꼬리를 휘두르며 한센을 위협했다.

"놈이 살아 있어!" 한센이 신경질적으로 소리쳤다. "밸프레드, 살아 있다고!"

"염병할, 나도 봤어." 밸프레드가 투덜거렸다.

밸프레드는 총을 거머쥐었다. 그런데 조준을 할 수가 없었다. 바다표범이 계속해서 움직였기 때문이다. 바다표범은 지느러미를 사정없이 흔들며 한센을 데리고 잠수를 했다가 위로 솟구쳐 올라서 몸통의 절반을 물 밖

으로 내밀었다.

"한센, 스테이크를 놔줘." 밸프레드가 소리쳤다. "그게 낫겠어. 네가 붙어 있으니까 조준을 못 하겠어."

한센은 포획물을 손에서 놓지 못했다. 양손이 지느러미에 작살처럼 깊이 박혀서 놓고 싶어도 놓을 수가 없었고, 양쪽 팔과 열 손가락에 경련이 일어 통제가 되지 않았다. 그는 길게 항적을 남기며 바다표범에게 끌려갔다.

잠시 후, 총성이 울렸다. 총알은 중위의 검은 머리카락을 스치고 바다표범의 뒷목덜미에 날아가 박혔다. 바다표범은 사지에 경련을 일으키며 즉사했다.

"한센, 조금만 버텨." 밸프레드가 큰 소리로 응원했다. "내가 끌어 올려줄게."

한센은 잘 버텼다. 버티는 것 외에는 달리 할 수 있는 일이 없었다. 밸프레드는 빙산 위로 동료를 끌어 올리고, 밧줄을 배 뒷전의 나무못에 묶었다.

"한센, 빨리 계단 위로 올라와. 내가 갈 테니까 절대로 놈을 놓지 마."

한센 중위는 바다표범을 끌어안고 눈을 감았다. 얼음처럼 차가운 물속에서 극한의 체험을 한 탓에 온몸이 마비된 듯 아무런 소리도 들리지 않았다.

밸프레드가 계단 아래를 살폈다.

"한센, 어떻게 된 거야? 너도 죽은 거야?" 그는 난간을 넘어 조심조심 계단을 내려갔다. 목적지에 이른 다음에는 칼을 꺼내 바다표범의 가죽 몇 군데에 구멍을 내고, 한센의 목숨이 달려 있던 밧줄을 풀어 포획한 사냥감을 묶었다.

한센과 지느러미는 분리가 불가능했다. 지느러미를 잘라낸 뒤에야 중위의 몸이 포획물에서 떨어졌다. 밸프레드는 흠뻑 젖은 동료를 물 위로 올려주었다.

"대단하다, 정말!" 밸프레드가 감탄했다. "사냥감을 이렇게까지 포기하지 않는다니! 최고의 사냥꾼이야!"

중위를 소생시키는 데에는 전보다 많은 시간이 걸렸다. 밸프레드는 양모 조끼로 새파랗게 변한 중위의 깡마른 몸을 문지르고, 차를 끓여서 숟가락으로 떠먹였다. 매트로 데려가 눕힌 뒤에는 체온 유지를 위해 아이슬란드 스웨터와 배낭, 돛으로 몸을 감싸주었다. 응급처치를 마친 뒤, 그는 계단 아래로 바다표범을 손질하러 갔다.

포획물은 100킬로그램이 족히 넘어 보였다. 밸프레드는 바다표범을 물에 담근 채로 첫 번째 해체 작업에 들어갔다. 그런 다음 잘게 토막 낸 고기 조각을 배 위로 던져 넣었다. 그중 한 덩어리가 기절한 중위의 코밑으로 떨어져서 환자를 소생시켰다. 한센 중위는 소스라치게 놀라며 정신을 차렸다.

"지원병!" 그가 있는 힘껏 소리쳤다.

"한센, 걱정 마. 거의 다 끝났어!" 밸프레드가 빙산 아래서 말했다. "우라질, 정말 대단한 친구네. 다 죽어가면서도 돕겠다고 저 난리니!"

한센 중위는 밸프레드의 목소리에 안도감을 느꼈다. 그는 짚을 채운 매트 위로 다시 몸을 쓰러뜨렸다. 차갑고 축축한 감촉 외에는 아무것도 기억나지 않았다. 한센은 팔을 들었다. 양손에 바다표범 지느러미가 쥐어져 있는 것이 보였다. 토막이 난 짐승의 신체에서 피가 뚝뚝 떨어지고 있었다. 순간, 중위는 정신을 잃고 캄캄한 어둠 속으로 빨려 들어갔다.

밸프레드는 중위를 칭찬했다. 무의식 상태에서도 포기하지 않는 무서운 집념을 가졌다며 입에 침이 마르도록 찬사를 아끼지 않았다.

"한센, 넌 정말 특별한 친구야." 밸프레드가 다정하게 말했다. "이제껏 수많은 사냥꾼을 봐왔지만 너 같은 사내는 본 적이 없어."

매트에 누워 덜덜 떨면서도 한센은 동료의 칭찬에 가

습이 뿌듯해졌다. 물속에서는 바다표범을 놓고 싶은 마음이 간절했지만, 이제 와서 그 사실을 밸프레드에게 고백할 필요는 없었다.

"단련이 좀 된 것뿐이야." 중위가 겸손하게 말했다. "그게 전부야."

밸프레드는 고개를 끄덕였다. 그리고 한센의 단련 이야기야말로 석판 위에 새겨져야 마땅하다고 생각했다.

빙산에서 생활한 지 23일째가 되던 날이었다. 밸프레드는 북서 방향으로 표류 중인 얼음 위에서 나선형으로 가느다랗게 피어오르는 연기를 발견했다.

"한센, 우리가 드디어 사람 사는 곳에 왔나 봐!" 밸프레드가 즐겁게 소리쳤다.

한센은 최면에 걸린 듯 검은 연기를 응시했다.

"저기에 집이 있다고 생각하는 거야?" 그가 물었다.

"그럴지도 모르지. 그런데 저건 집에서 나는 연기가 아니야. 바보도 그건 알아. 배에서 나는 거니까."

밸프레드의 대답에 중위가 펄쩍 뛰었다.

"배라고? 여기로 온대? 우리를 봤대?"

"글쎄, 그렇다고 말하긴 좀 어려울 것 같아. 너무 멀어서 기껏해야 우린 흰 눈에 찍힌 작은 점처럼 보일걸."

"그래도 뭐든 해야지." 중위가 재촉했다. "이렇게 가만히 앉아서 배를 놓칠 수는 없어. 밸프레드, 빨리 뭐라도 좀 해봐."

"잠깐 기다려봐. 이쪽으로 오는 건지 그것부터 확인하고. 빙산과 정반대 방향으로 가는지도 모르잖아."

"꼭 우리를 봐야 해!"

중위는 털 스웨터를 머리 위로 올리고 흔들었다.

"설마 그게 보일 거라고 믿는 거야?" 밸프레드가 중위를 보며 웃었다. "그 전에 빨래나 하지 그래? 아니다, 그냥 둬. 어쩌면 냄새를 맡고 올지도 모르니까."

연기는 밸프레드의 말처럼 배에서 피어오르고 있었다. 처음 연기를 발견하고 나서 몇 시간이 지나자, 배 전체가 시야에 들어왔다. 배의 이름은 북극의 빛이었고, 올레순에서 오는 길이었다.

'상관에 물품을 배달하고 돌아가나 보군.' 밸프레드가 생각했다.

한센은 넋 나간 얼굴로 여전히 스웨터를 흔들고 있었다. 이전과 다른 점이 있다면 지금은 스웨터가 노 끝에 매달려 펄럭인다는 것이었다. "장님이 아닌 이상 우리를 못 봤을 리가 없어." 그가 울먹였다. "밸프레드, 그렇지?"

"한센, 한 시간만 더 기다려보자. 그럼 행운이 올 거야. 그때까지는 누워서 좀 쉬어. 그렇게 계속하다가는 금세 지쳐."

그러나 한 시간 뒤 북극의 빛호는 두 사람의 시야에서 사라졌다. 빙산이 물살에 몸을 돌리며, 망을 보는 남자에게서 중위를 감춰버린 것이다. 두 사람이 다시 눈에 띌 각도에 이르렀을 때에는 배가 이미 빙산을 지나 수백 미터 멀어진 뒤였다.

중위는 미친 사람처럼 몸부림을 치고 소리를 질렀다. 하지만 모두 헛수고였다. 망을 보는 남자는 정면만 쳐다볼 뿐, 지나쳐온 빙산에는 눈길조차 주지 않았다.

"밸프레드, 그러고만 있지 말고, 뭐든 해봐. 어서 저 멍청이들을 멈춰 세우라고!"

밸프레드는 순박한 미소를 지으며 아이처럼 보채는 중위를 향해 고개를 끄덕였다.

"한센, 알았어. 이렇게까지는 하고 싶지 않았지만, 네가 그렇게나 배를 갈아타고 싶다니까, 뭐, 한번 해볼게." 밸프레드는 담배 파이프를 난간에 두드려 깨끗이 비웠다. 그리고 총을 꺼내 들었다.

첫 번째 총알이 뱃전에 매달린 종을 건드리며 댕, 댕, 댕, 댕, 네 차례에 걸쳐 맑은 소리를 냈다. 종소리를 들은 선장은 사령탑에서 대포알처럼 튀어나와 망을 보던 선원을 호되게 꾸짖었다. 두 번만 울렸다면 조금 덜 혼이 났을까? 밸프레드는 미안한 마음이 들었다. 선원은 어리둥절한 표정으로 사다리 밑으로 고개를 숙이고 갑판과 종을 번갈아 쳐다보았다.

두 번째 총알은 배 우현에 걸린 등에 박혔다. 선장은 사령탑으로 돌아가려다 말고 상갑판으로 뛰어가 난간 위로 올라갔다. 그가 깨진 유리조각을 들고 요리조리 살펴보는 동안, 세 번째 총알이 날아가 배의 몸통에 박혔다. 선장의 얼굴에서 불과 1.5미터 떨어진 거리였다. 이어 네 번째 총알이 사다리의 굵직한 난간 몇을 뿌리 뽑았다. 그제야 선장은 밸프레드와 한센이 원하는 반응을 보였다. 사령탑 안으로 뛰어 들어가서 정지 명령을 내린 것이다. 선장은 호들갑을 떨며 부관과 선원들에게 방금 일어난 일을 설명했다.

밸프레드는 총을 무릎 위에 내려놓고 담배 파이프를 입에 물었다.

"휴, 배가 이제야 멈췄네. 한센, 하고 싶으면 그 스웨터를 다시 좀 흔들어봐." 담배에 불이 잘 붙을 때까지 연기를 깊숙이 들이마시며, 밸프레드가 총을 다시 집었다. "방향을 알려주는 게 좋을 거 같아서." 그가 연달아

여섯 발의 총알을 발사하며 말했다.

이번에는 뱃전에서 요리사가 비우고 있던 쓰레기통에 구멍이 났다. 분개한 요리사는 고래고래 고함을 치며 바다로 눈을 돌렸다. 총알이 날아온 지점을 찾아 이리저리 둘러보던 그가 마침내 두 사람이 사는 빙산을 발견했다.

배의 옆구리로 보트가 내려지고, 사람들이 보트 위로 올라탔다. 곧이어 명령을 내리는 선장의 고함과 삐걱삐걱 노 젓는 소리가 들려왔다. 그 시각, 중위는 노새에 앉아 있었고, 밸프레드는 매트 위에서 인생을 즐기고 있었다. 두 사람의 시선이 잠시 마주쳤다. 순간, 두 사람은 같은 생각을 했다.

동지애란 참으로 묘한 것이었다. 동지애란 그것을 품기도, 그것을 느낄 만한 사람을 만나기도 매우 어려운, 소수에게만 허락된 특별한 감정이었다. 그러나 동지애로 한번 묶인 사람들은 쉽게 그 관계를 깨지 않았다. 그때까지만 해도 중위에게는 동지애를 불러일으킨 친구가 없었다. 그런데 두 사람의 시선이 교차된 순간, 그는 동지애를 느꼈다. 시기적으로 다르기는 했지만 밸프레드도 같은 느낌을 받은 적이 있었다. 톰슨곳의 빙원으로 중위를 데려가 크레바스에 떨어뜨린 다음 날이었다.

"한센, 이제 여행도 다 끝났네, 그렇지?" 밸프레드가 눈을 반짝이며 말했다.

"그러게. 그래도 괜찮아. 앞으로 여행할 기회는 또 많을 테니까." 중위가 웃으며 대답했다. "피오르와 빙산이 이렇게나 많이 있잖아."

중위는 자리에서 일어나 배낭을 주워 들고 술병과 바다표범 지느러미를 챙겨 넣었다. 기념품으로 가져가기 위해서였다. 계단을 내려오며 아쉬운 듯, 그가 빙산의 매끄러운 표면을 다정하게 토닥였다.

마침내 북극의 빛호가 보낸 보트가 빙산에 닿았다. 선장이 손을 내밀며 악수를 청했다.

"도대체 저 위에서 뭘 하고 있었건 겁니까?" 선장이 우레 같은 목소리로 물었다. "목적지는 어디고요?"

"아, 우린 핌불곳으로 돌아가던 중이었어요." 밸프레드가 활짝 웃으며 대답했다. "가다가 잠시 밀항을 하게 된 거고요."

"저런! 대체 언제부터 이렇게 떠돈 겁니까?"

"한 달쯤 됐나? 그런데 저 배는 어디로 가는 거죠?" 밸프레드가 고개로 북극의 빛호를 가리키며 말했다.

"아, 우린 코펜하겐으로 가요." 선장은 양손으로 얼

음벽을 힘껏 밀어 배와 빙산의 거리를 떨어뜨렸다. 선원들이 노를 저었다.

"아, 코펜하겐!" 밸프레드가 선장의 말을 따라했다. 그는 빙산을 한 번 바라본 다음 중위를 향해 고개를 돌렸다. "염병할! 한센, 더럽게 멀리 돌아가게 생겼어!"

그 후 엠마는 어떻게 되었나?

그 후 엠마는 어떻게 되었나? 훌륭한 질문이다. 그런데 엠마는 실제로 어떤 사람이었을까? 오랫동안 연안을 쥐고 흔든 팜므 파탈? 정열적으로 인생을 여행하는 탐험가? 단순히 모험을 즐기는 여자? 아니면 그저 모두에게 기쁨을 주는 순진한 매력의 처녀?

모두 맞다. 엠마는 그 모든 것이자 그 이상이었다. 친히 납시기 이전부터 사냥꾼들 사이에서 유명했고, 고향 올보르와 덴마크는 물론 세계 각지에서 큰 사랑을 받았다. 엠마는 거의 모든 사내들이 마음에 품고 흠모하는 여자였다. 건강한 매력에 얼굴도 예뻤다. 사과 도넛 같은 뺨에, 앞뒤로 나올 데도 확실히 나와서 몸매 또한 볼륨감이 넘쳤다. 고독한 날이나 악천후로 집 안에 갇혀 지낼 때에는 유쾌하고 재미있는 동반자였다.

엠마는 사냥 오두막에서 긴 겨울을 보내고 봄을 났다. 여름에도 대부분의 시간을 사냥 오두막에서 지냈다. 이 기간 내내 그녀는 동전 한 닢처럼 이 손에서 저 손으로 건네졌다. 그러나 늘 모두에게 환영받았고, 단 한 번도 품위를 잃은 적이 없었다. 그녀는 모두에게 기쁨을 베풀고, 용기를 북돋아주며 끊임없이 화제의 주인공이 되었다.

이번 장에서 우리는 엠마가 그린란드 북동부에서 어떻게 살았는지 겸허한 마음으로 살펴볼 것이다. 모두 알다시피 엠마는 처음에 매스 매슨의 애인이었다. 매스 매슨이 '북극의 자성에서 벗어나기' 위해 유럽에 다녀온 직후였다. 여행을 마친 그에게는 사람들에게 들려줄 이야깃거리가 많았다. 그런데 어느 가을 저녁, 밑천이 바닥났다. 그때 그의 뇌리를 스친 것이 바로 엠마였다. 조물주가 무에서 세상을 창조했듯, 매스 매슨은 앉은자리에서 엠마를 만들어냈다. 톰슨곶의 허름한 사냥 기지에서 그녀는 눈 깜짝할 사이에 완벽한 모습으로 탄생했다.

매스 매슨의 이야기가 어찌나 빈틈이 없었는지, 검은 머리 빌리암은 이야기만 듣고도 엠마의 모습을 눈앞에 그렸다.

엠마의 매력에는 한계가 없었다. 근접할 수 없는 품위와 섹시함을 겸비했고, 산들바람처럼 착하고 다정했다. 아몬드 파이처럼 육감적인가 하면 귀여운 강아지처럼 장난기가 넘쳤다.

빌리암은 그녀를 흠모했다. 매스 매슨이 엠마와 교제를 시작하고 얼마 지나지 않아서였다. 이때, 매스 매슨은 새것이나 다름없는 30구경 쌍발 엽총과 탄약 스무 갑을 받고 엠마와 사귈 권리를 빌리암에게 양도했다.

검은 머리 빌리암은 엠마와 행복한 시간을 보냈다. 그런데 시간이 지나며 함께하는 시간이 언제나 좋지만은 않다는 것을 깨달았다. 엠마는 더없이 달콤한 동반자였음에도 그랬다. 그러던 어느 날, 비요르켄보르의 비요르켄이 젊은 여자에게 마음을 빼앗겼다며 그를 찾아왔다. 빌리암은 비요르켄으로부터 등가죽에 새겨진 불 뿜는 용을 받고 엠마를 떠나보냈다. 엠마의 긴 여행은 이렇게 시작되었다.

엠마를 향한 비요르켄의 마음은 불처럼 활활 타올랐

다. 그가 엠마를 얼마나 사랑했는지는 하늘도 알고 땅도 알았다. 사실 엠마를 생각하며 몸이 후끈하게 달아오르지 않을 사내는 세상천지에 없었다. 그런데 그 무렵 비요르켄은 엠마 외에도 로이비크의 쌍안경에 하얗게 애가 달아 있었다. 벌써 몇 년째 눈독을 들인 쌍안경이었다. 결국 엠마는 비요르켄과 열정적으로 사랑을 나눌 시간도 얼마 갖지 못한 채, 로이비크의 손에 넘어갔다. 사건의 발단과 진척 과정은 다음과 같았다.

비요르켄은 시기적절하게 로스만에 도착했다. 로이비크가 자주 변덕을 부리고, 가질 수 없는 것들 때문에 좌절감에 빠져 있을 때였다. 이런 일은 어둠의 계절에 종종 일어났다. 일상은 따분하기만 하고, 흥미진진한 것만 바라게 되어서 웬만해서는 견디기가 어려운 시기였다.

이런 때가 찾아오면, 대부분의 사람은 불만으로 가득 차 오두막에 틀어박혔다. 외출할 마음도 사라져서 짚을 채운 매트 위에 누워 있기 일쑤였고, 눕는 것도 피곤해서 식탁 위에 엎드릴 때가 많았다. 양모 이불을 코밑까지 덮어쓰고서 당장은 할 수 없는 온갖 종류의 일을 꿈꾸었다. 안개처럼 피어나는 입김 사이로 허공을 응시하다가 보면, 천벌을 받았다는 생각이 들며 여자 생각이 간절해졌다.

엠마에 대한 소문은 어느새 온 연안에 퍼졌다. 로이비크의 귀에도 들어왔다. 로이비크의 기분이 가라앉았던 것은 소문 탓일 수도 있었다. 요즘 들어 그는 엠마 생각을 많이 했다. 그런데 다른 사람의 여자라서 사귀는 것은 꿈도 못 꿨다. 그런데 때마침, 비요르켄이 나타났다. 그는 갑자기 들이닥쳐서는 자기가 엠마의 애인이라고 대뜸 주장했다. 그 말은 로이비크의 기분에 즉각적으로 이로운 영향을 끼쳤다. 로이비크는 곧바로 물질 공세를 펼쳤다. 엠마의 애인 자리는 비요르켄에게 있었고, 로이비크에게는 자극이 필요했으므로 자연스러운 현상이었다. 로이비크는 비요르켄이 너무 늙어서 젊은 여자를 귀찮게 한다고 생각했다. 따라서 젊은 친구에게 엠마에 대한 권리를 양도해야 한다고 믿었다. 그가 비요르켄보다 나은 점은 하도 많아서 일일이 열거할 필요도 없었다.

처음에 비요르켄은 낙담한 척했다. 연안을 돌며 약혼녀를 소개하고 있는데, 제일 처음 들른 곳에서 무례한 말을 들었다는 이유였다. 스캔들이 따로 없었다. 그러나 밤새 생각이 바뀌어 권리를 포기했다. 바보 같은 결정으로 보여도 엠마가 로이비크를 원한다면 보내줘야 마땅하다며, 자기는 성인 남자지 발정난 고양이가 아니라고 못을 박았다. 그리고 침대에 누운 로이비크에게 여자를 원한다면 보상을 하라고 넌지시 운을 뗐다. 대가는 팔 아넘긴 불을 뿜는 용 문신과, 남의 것이 된 용을 죽을 때까지 등에 지고 살아야 할 수고로움보다 가치 있어야 했다.

로이비크는 비요르켄의 말에 용기를 얻고 침대를 빠져나왔다. 지당한 말이었다. 그는 두 팔을 벌리고 모두 줄 수 있으니 마음대로 가져가라는 시늉을 했다. 그러자 비요르켄은 자기는 절대로 탐욕스러운 사람이 아니라면서, 그동안 눈독을 들여온 쌍안경과 담배 파이프, 후드가 달린 바다표범 가죽 망토, 낡은 사냥총을 요구했다. 안전장치를 걸어도 양쪽 총신에서 총알이 동시에 튀어나가는 망가진 총을 가지고, 로이비크는 몇 차례에 걸쳐 흥정을 했다.

엠마를 차지하고 로이비크는 활력을 되찾았다. 두 다리도 한결 가벼워져서, 생일을 맞은 사람인 양 푸짐하게 상을 차려 비요르켄을 대접했다. 비요르켄이 떠난 뒤, 그는 매일 밤 엠마와 함께 일찌감치 잠자리에 들었다. 엠마는 상당히 개방적이었다. 그가 무엇을 원하든 다 받아들였다. 과거에 매스 매슨과 빌리암, 비요르켄의 약혼녀가 되었듯, 순순히 그의 약혼녀가 되어주었다.

이쯤에서 기억해야 할 것은 로이비크의 우울증은 언

제나 오래가지 않았다는 것이다. 사실 그는 변덕스러운 사람이었다. 로스만에서 혼자 살며 사냥을 다니는 것도 이런 성격 탓이었다. 다른 사람과 같이 살다가 보면 감정을 통제해야 할 때가 많았다. 그런데 그런 상황은 로이비크가 마음껏 감정을 분출하고 싶을 때 찾아왔다.

엠마는 로이비크의 널뛰는 기분을 억눌렀다. 이것을 원인으로 그는 엠마를 다른 사람에게 떠나보냈다. 약혼을 하고 몇 주도 지나지 않아서 파혼을 하고, 헤르베르트에게 엠마의 애인 자리를 양도한 것이다. 그 대가로 그가 받은 것은 발정난 암캐 한 마리와 세 켤레의 카미크, 콜딩 성이 보이는 유리 액자였다.

이후 엠마는 많은 여행을 했다. 이 피오르에서 저 피오르로, 이 오두막에서 저 오두막으로, 이 침대에서 저 침대로 옮겨 다녔다. 어떤 곳에서는 굉장히 짧게 머물렀고, 어떤 곳에서는 몇 달씩이나 지냈다. 그럼에도 불구하고 그녀는 처음 매스 매슨의 상상 속에서 튀어나오던 날처럼 여전히 사랑스럽고 청초했다. 새로운 약혼자를 만날 때마다 사과 도넛 같은 뺨을 8월의 태양처럼 붉혔고, 협상이 타결되기를 기다리며 빙하처럼 파란 눈동자를 반짝였다.

이렇게 몇 달이 지나갔고, 1년이 되기도 전에 엠마는

여러 차례 연안을 순회했다. 가장 추운 겨울은 핌불 오두막에서 보냈다. 이 기간 내내 그녀는 이층 침대의 위칸에서 밸프레드와 함께 휴식을 취했다. 젊은 그녀에게는 일종의 겨울잠인 셈이었다. 밸프레드에게 엠마를 양도한 사람은 백작이었다. 백작은 헤르베르트로부터 엠마를 넘겨받으며, 그 대가로 라벨 붙인 포도주 열두 병과 이듬해 수확할 감자의 절반을 주기로 했다. 밸프레드 다음으로 엠마는 안톤에게 갔다. 혈기왕성한 청년 곁에서 두 달 가까이 지내고 나서, 그녀는 다시 비요르켄보르로 보내졌다. 엠마는 이곳에서 라스릴의 가슴에 불을 지르고 남녀 관계가 어떤 것인지 똑똑히 가르쳤다. 라스릴은 엠마를 데려오며 안톤에게 코닥 카메라 상자를 넘겼다. 상자는 그가 북극으로 떠나올 때 감상에 젖어 가져온 것으로, 안에는 세례식 날 선물받은 은수저가 들어 있었다.

엠마의 북극 여행은 하우나에서 끝이 났다. 하우나에는 아이슬란드 태생의 피오르두르가 살고 있었다. 그는 기골이 장대하고 무척 검소했다. 몸무게만큼이나 영혼이 무거운 사람이었다. 술을 몇 잔 마시면 말이 많아졌고, 열정적인 민족주의자가 됐다. 이따금 난폭해지기도 했지만, 평소에는 호탕하면서도 헌신적인 최고의 사냥꾼이었다.

피오르두르는 그린란드 북동부에 도착하기 이전에도 허드슨만에서 사냥꾼 일을 하며 살았다. 그는 로이비크처럼 성격이 독특해서 함께 살 동료를 원하지 않았다.

엠마에 관한 소문은 퍼지고 퍼져서 어느덧 그린란드 북동부의 최남단 사냥 기지인 하우나에까지 이르렀다. 이곳까지 오는 동안 소문은 풍선처럼 부풀었고, 적잖이 미화되었다. 엠마와 함께 지냈던 사냥꾼들이 자기 경험에 비추어 저마다 한마디씩 덧붙인 결과였다.

엠마에 관한 소문을 처음 듣던 날, 피오르두르는 홍당무 빛깔의 기다란 수염 밑으로 알아들을 수 없는 말을 몇 마디 지껄였다. 그것이 전부였다. 엠마가 누구든, 어떻게 살든, 그는 상관하지 않았다.

그런데 봄이 오자 피오르두르도 기분 좋게 들썩였다. 그가 기억 속에서 엠마에 관한 소문을 끄집어내고, 관심을 갖기 시작한 것도 바로 이때였다. 매스 매슨이 덴마크에서 데려왔다는 여자를 상상하면 온몸에 찌릿찌릿 전기가 일었다.

시워츠가 시한폭탄 같은 여자를 처분하러 하우나에 도착했을 때, 피오르두르는 몸이 적당히 달아올라 있었다.

시워츠는 여자에게 깊이 빠지는 사내가 아니었다. 관계를 오래 지속한 적도 없었다. 그러나 엠마와 함께 한 밀월여행은 꿈처럼 달콤하고 눈부시게 찬란했다. 시워츠는 여행 내내 그녀에게 찬사를 보냈다. 어쩌다가 영원한 사랑까지 맹세했다. 그런데 이 사랑의 언약이 오래지 않아 깨졌다. 엠마가 시워츠에게 집착을 했기 때문이다. 두 사람의 관계에 먹구름이 끼며 달콤했던 꿈이 악몽으로 변했다. 엠마를 만나기 전에 시워츠는 오두막 밖에 앉아 피오르 위로 펼쳐지는 풍경을 감상하며 잡념을 떨쳐버릴 수 있었다. 그런데 그녀를 만난 후로 모든 것이 변했다. 더 이상의 휴전협정도, 휴식도 없었다. 엠마는 시워츠를 항상 졸졸 따라다녔다. 덕분에 그는 잠을 설치는 날이 많아졌고, 사냥에도 소홀해졌다. 별것도 아닌 일에 으르렁거려서 레우즈와의 좋았던 관계마저 삐걱거렸다. 결국 시워츠는 엠마를 보내주기로 마음먹었다. 그가 불화를 일으킨 여자를 데리고 하우나로 간 까닭은 피오르두르가 연안의 마지막 남은 숫총각이었기 때문이다.

앞서 소개한 대로, 피오르두르는 연안의 신참이었다. 허드슨만에서는 노련한 사냥꾼에 속했지만, 그린란드 북동부에서는 아니었다. 사냥꾼이 되어 그린란드의 독특한 박동에 맞춰 살기 위해서는 보다 많은 시간이 필요했다. 허드슨만에서의 삶과 그린란드에서의 삶은 전혀 달랐지만, 피오르두르는 허드슨만에서처럼 생각하고 행동했다.

예를 들어, 그린란드 북동부의 사냥꾼들은 담수를 얼린 것처럼 투명했다. 반면, 피오르두르는 회색 바위 같았다. 바위처럼 속내를 잘 드러내지 않아서 가까이 접근해야만 갈라진 균열과 구멍난 곳을 볼 수 있었다.

게다가 피오르두르에게는 구두쇠처럼 인색한 면이 있었다. 그가 고독하게 사는 것도 이런 이유였다. 그는 엄청나게 부지런했고, 혼자서 두 사람 몫을 사냥했다. 자신의 노력으로 얻은 이익을 동료와 나누고 싶어 하지도 않았다.

그런데 봄이 오자 그런 그도 동반자를 갈구하게 되었다. 피오르두르는 엠마와 같이 밥을 먹고, 침대를 공유할 생각에 마음이 들떴다. 엄밀히 따지자면 그녀는 사냥 동료가 아니었기에 털가죽의 절반을 가져갈 권리도 없었는데, 피오르두르는 이 점이 특히 마음에 들었다. 물론 위험하기는 했다. 그러나 세상의 모든 일에는 위험이 따랐고, 다른 일에 비춰보면 이번 일은 크게 위험하지도 않았다. 게다가 여름도 머지않아서, 여자와 마음이 통하지 않으면 보급선에 태워 떠나보내면 그만이었다.

그러던 어느 날, 시워츠가 하우나로 와서 상징적인 금액만 받고 여자를 넘기겠다고 말했다. 피오르두르는 수염을 잡아당기며 망설였다. 상징적인 금액이 정확히 얼마를 의미하는지 몰라서였다. 시워츠가 여우 모피를 몇장 달라고 했거나, 원하는 금액을 정확히 말했다면, 좋은지 싫은지 곧바로 대답했을 것이다. 그런데 '상징적'이라니? 이런 말은 언제나 주의를 요했다.

피오르두르는 아이슬란드 화주를 식탁에 올렸다. 독하고 향신료를 많이 넣어서 내장이 어지간히 튼튼하지않으면 마시기 힘든 술이었다. 시워츠에게 마음껏 마시라고 권한 다음, 그는 곧장 본론으로 넘어갔다.

"솔직히 말해서 집안일을 거들어줄 사람이 필요한 건아니야. 견디기 힘들 정도로 외로운 것도 아니고. 옛날에허드슨만에서 살 때는 3년 동안 찾아오는 사람이 한 명도 없었지만, 그래도 혼자 잘 지냈거든. 하하, 이불 속이조금 따뜻해지면 좋겠다고 생각하기는 했어. 그러니까내 말은, 혼자가 아니라 둘이서 이불을 덮었으면 좋겠다, 뭐, 이런 거지." 피오르두르가 민망한 듯 너털웃음을 지었다. "왜, 있잖아. 같이 벼룩을 나눌 예쁜 여자 말이야.”

시워츠는 고개를 끄덕였다. 그러고는 입술을 쭉 내밀어 허공에 대고 '쪽' 하고 뽀뽀하는 시늉을 했다.

“맞아, 여자랑 같이 살면 건강에도 좋고, 두루 좋은 점이 많아. 더욱이 엠마 같은 여자는 상상하는 것보다 은근히 쓸모가 많거든. 내면적으로 말이야. 머릿속에서 자라는 독초를 뽑아주니까.” 시워츠가 뭉툭한 검지로 불그죽죽한 이마를 두드렸다. “설명이 불가능한 일들이 왜, 이 안에서 끝없이 일어나잖아. 그게 다 정화되는 느낌이랄까? 무슨 말인지 알겠어? 여자가 따뜻한 물과 세제로 내면을 싹 다 씻겨주는 느낌이야. '쓱' 하고 솔질을 한 번 했을 뿐인데, 때가 싹 벗겨지면서 올리브로 만든 검은 비누랑 에스프리 드 발데마르 향수 냄새가 나거든.”

“시워츠, 그게 정말이야?” 피오르두르는 놀라 입을 다물지 못했다. 내면을 청소한다는 이야기는 처음이었다.

“그럼, 딱 내 말대로야. 아니다, 그 이상이지. 피오르두르, 내 말 잘 들어. 여우 가죽을 벗기고 바다표범 고기를 먹는 게 인생의 전부는 아니야. 그런데 널 봐. 사냥하고, 가죽을 벗기고, 먹고, 자는 것 말고 뭐가 더 있지? 매일 똑같잖아, 안 그래? 이렇게 몇 년 더 살면 뭐해? 나중에 사냥 회사가 널 데려다가 건선거[*]에 처넣을 텐데! 그러면 싸구려 술집이나 전전하며 비참한 인생을 살겠지. 천지 분간도 못 하고 살다가 다시 직업소개소로 갈 테고, 다시 여기로 와서 고생할 거야. 염병할, 무슨 인생이 이래? 그러니까 잘 생각해봐."

"네 말이 맞아. 그런데 그런 인생도 아주 나쁘지만은 않아." 피오르두르는 시워츠의 말에 공감이 되었지만, 기분이 썩 좋지는 않았다.

"아냐, 네가 더 나은 삶을 몰라서 그래." 시워츠가 거드름을 떨며 집주인을 내려다보았다. "친구, 다른 사람들이 어떻게 사는지 좀 봐! 예를 들어서 난 마당에 변소도 있고, 매일 여자랑 잠도 자. 이제야 인생의 참맛을 알게 된 거지. 뭔가 굉장히 섬세하고 고상하달까? 이런 말을 해서 조금 미안한데, 그런 점에서 보면 난 상류층에 속해."

피오르두르는 얼굴을 붉혔다. 시워츠의 말을 듣다 보니, 특별하게 내세울 것 없는 자기 처지가 딱하게 여겨졌다. 하지만 순순히 수긍할 그가 아니었다.

―

* 선박을 수리하거나 청소할 때 배를 넣을 수 있도록 만든 구축물.

"아니야, 내 생각에는 네가 요즘 겉멋이 좀 든 것 같아. 그리고 누가 뭐라고 해도 난 훌륭한 사냥꾼이야."

시워츠는 고개를 끄덕였다.

"그럼, 그럼, 넌 훌륭한 사냥꾼이지. 그런데 난 네게 사냥꾼의 자질이 없다고 말하는 게 아니야. 네가 누구보다 훌륭한 사냥꾼인 건 나도 잘 아니까. 하지만 인간적인 면에서 볼 때 너는…… 그러니까, 뭐라고 표현하면 좋을까? 아, 맞아, 좀 촌스럽고 원시적이야."

피오르두르는 분한 마음이 들었다. 하지만 말쑥한 차림으로 여자까지 데려온 친구의 말을 마냥 무시할 수만은 없었다. 문밖에는 여자가 썰매에 앉아 기다리고 있었고, 시워츠는 이치에 꼭 맞는 말만 했다. 더욱이 그는 꽤 고급스러운 단어들을 사용했다. 모두 레우즈를 통해 발달된 문명과 접촉하며 배운 것이었다. 피오르두르는 화를 내야 할지 상냥하게 굴어야 할지 판단이 서지 않았다. 하지만 곧 협상을 위해 다음 단계에 돌입했다. 엠마를 빨리 만나고 싶어서였다.

"엠마에 대한 소문이 들리던데, 그게 전부 진짜야?"

피오르두르가 쉰 목소리로 어렵게 말을 꺼냈다.

시워츠는 아이슬란드 사내의 눈앞에 대고 검지를 흔들었다.

"아, 그거? 피오르두르, 그건 아무것도 아니야. 사람들이 엠마에 대해 뭐라고 하든 그건 엠마의 반도 설명하지 못해. 정말 특별한 여자거든. 아마 넌 잘 모를 거야. 아무튼, 엠마는 세상에 하나뿐인 여자야."

"그냥 좀 그렇고 그런 여자 아니야?" 말은 이렇게 했지만, 피오르두르는 벌써 허리 아래가 들썩였다.

"무슨 소리! 엠마는 한 달에 한 번씩 파트너를 바꾸는 것뿐이야!" 시워츠가 말했다. "우리가 한 달에 한 번 셔츠를 갈아입는 것처럼!"

피오르두르는 바지 주머니 안에 두 손을 깊숙이 찔러넣고 의자 뒤로 몸을 젖혔다. 그리고 탁자 밑으로 다리를 쭉 뻗었다.

"흠…… 그렇다면야. 무슨 소린지 알겠어." 숱 없는 눈썹 아래로 사팔눈을 하고 피오르두르가 말했다. "맞아, 이런 식으로 약간의 변화를 주는 것도 좋을 것 같아. 가끔 그러고 싶을 때가 있으니까. 일상을 살짝 벗어난 달까? 그래, 못 할 것도 없겠어." 그는 눈을 감고 고개를 숙였다.

"시워츠, 그런데 엠마가 이사를 안 하겠다고 하면 어쩌지?"

장장 세 시간에 걸쳐 팽팽한 협상이 진행되었다. 쌍방이 만족할 만한 조건으로 거래가 성사됐을 때는, 피오르두르가 여러 번 석유램프와 술잔을 채운 뒤였다.

엠마의 애인이 될 권리는 새것과 다름없는 선원용 장화 한 켤레와 안 쓰는 회계장부, 눈속임 표시를 해둔 카드 한 벌에 하우나로 넘어갔다. 사실 카드는 닐스 노인의 것이었다. 하지만 그는 크리스마스이브에 할보르에게 잡아먹혔고, 그에게는 더 이상 카드가 필요하지 않았다. 따라서 집에 남겨진 카드는 집에 남겨졌고, 피오르두르의 것이 됐다.

협상을 마무리하기 위해 악수를 한 뒤, 피오르두르는 시워츠에게 씹는담배를 건넸다. 피오르두르가 행복한 얼굴로 두 손을 마주 비비며 말했다.

"하하, 전부 잘된 것 같아. 시워츠, 이제 엠마를 들여보내. 저렇게 밖에 계속 두다가는 꽁꽁 얼어붙겠어. 하하, 그런데 엠마는 왜 여행 가방 안에 들어간 거야?"

시워츠는 놀란 얼굴로 피오르두르를 쳐다보았다.

"그게 무슨 소리야?" 시워츠가 물었다.

"하하하…… 시워츠, 넌 정말 짓궂어." 피오르두르가 한바탕 웃음을 터뜨렸다. 그는 협상이 원하는 대로 타결되어 기분이 좋았고, 마침내 약혼녀를 보게 되어 기뺐다. "시워츠, 얼른 여행 가방에서 암호랑이를 꺼내줘. 당장 등을 긁고 싶어졌거든."

시워츠는 어리둥절한 표정으로 피오르두르를 쳐다보았다.

"그게 무슨 소리야? 엠마의 애인은 이제 너야. 원하는 대로 됐잖아? 그런데 뭘 더 바라는 거지?"

피오르두르가 시워츠의 얼굴 앞에 자기 얼굴을 바싹 갖다 댔다.

"여자!" 그가 끈적끈적한 목소리로 속삭였다. 시워츠는 여전히 이해가 안 가는 표정이었다. 피오르두르는 답답한 마음에 소리를 꽥 질렀다. 그 바람에 시워츠는 놀라서 의자 위로 날아갈 뻔했다. "여자 말이야! 새대가리 같은 녀석! 얼른 여자를 들여보내!"

"여자를 들여보내라고? 여잔 네가 갖고 있잖아." 시워츠는 그렇게 대답한 다음 고개를 흔들었다.

피오르두르는 단순하고 구체적인 영혼의 소유자였기에, 자기가 사기를 당했다고 믿었다.

"시워츠, 여자는 어디 있어? 지금 당장 여자를 데려와. 거래는 거래야. 받을 걸 다 받고 이러면 안 되지, 안 그래?"

시워츠가 깊이 한숨을 내쉬었다.

"피오르두르, 내 말을 잘 이해하지 못했나 본데, 엠마는 이제 네 애인이야." 그가 걱정스러운 얼굴로 말했다. "그 여자는 네 거라고!"

"그래, 제기랄! 물론 그 여자는 내 거야! 그러니까 데려오라고, 이 멍청아! 살도, 뼈도, 전부 다 가져오란 말이야. 알겠어?" 피오르두르가 격분해서 고래고래 고함을 질렀다.

"이런 우라질, 네가 가지고 있잖아! 네가 엠마의 애인이라고! 그러니까 엠마와 뭘 하든 맘대로 하란 말이야, 빌어먹을!" 이번에는 시워츠가 외쳤다. 그는 인내심의 한계를 느끼고 있었다.

"염병할!" 피오르두르가 험악한 눈으로 집 안을 둘러보았다. "엠마가 여기 있다고? 어디? 대체 어디에 있는데? 당장 데려와, 여기 없으니까! 얼른 내놓으라고!"

시워츠는 양팔을 힘없이 늘어뜨렸다. 이제껏 헛수고를 한 것 같았다. 엠마에 관해 논하기에 피오르두르는 기본부터가 틀린 사람이었다.

"피오르두르, 네가 신참이라서 이런 일이 일어난 것 같아." 시워츠가 침착한 어조로 말을 이었다. "다른 사람들은 안 그랬는데 너만 이러니까. 다들 엠마가 누구인지 알아. 헤르베르트도, 비요르켄도, 뱉프레드도, 전부

다! 나도 마찬가지야. 다들 여기서 산 지 오래되었으니 알 수 있는 거야. 아무것도 이해하지 못한 너랑은 다른 거지."

시워츠의 설명에도 피오르두르는 포기하지 않았다. 평소에도 그는 손해를 보고는 못 사는 성격이었다. 화가 날 대로 난 피오르두르는 탁자를 뛰어넘어 반대편에 앉은 시워츠의 아노락 모자를 움켜잡았다. 시워츠는 갑자기 뒷덜미를 잡힌 채 옴짝달싹 못했다. 피오르두르가 모자를 목에 감고 조이자, 시워츠는 얼굴이 파래지며 다리에 힘이 풀렸다. 하늘색 눈동자가 튀어나오기 직전에야 피오르두르는 모자를 움켜잡은 손에 힘을 풀었다.

"여자를 데리고 온 게 아니면, 넌 나한테 사기를 친 거야." 아이슬란드 사내가 격분해 소리쳤다. "죄를 지었으면 벌을 받아야 하고."

시워츠가 숨을 헐떡이며 쉰 목소리로 설명을 했다.

"이 멍청아! 엠마의 애인 자리를 내가 너한테 줬잖아! 나도 이렇게 샀어. 그걸 너한테 되판 거라고! 나만이 아니야. 매스 매슨이 엠마를 데려온 이후로, 전부 다 이런 식으로 엠마의 애인 자리를 사고팔았어!"

"그게 나랑 무슨 상관이지?" 피오르두르가 고함쳤다. "다른 사람 얘긴 하지 마. 그럴 필요가 없으니까. 그래, 이건 사기야. 나는 권리만 가졌을 뿐이고, 여자는 아직도 네가 갖고 있으니까. 좋아, 정 그렇다면 내가 직접 가서 데리고 오지."

자유롭게 숨을 쉬게 된 지 1분 만에, 시워츠가 나지막한 목소리로 속삭였다.

"피오르두르, 넌 아무것도 몰라. 이 가엾은 멍텅구리야."

이어지는 상황은 피오르두르의 뜻대로 진행되었다. 그는 돈을 주고 산 이상, 여자를 가져야겠다는 주장을 조금도 굽히지 않았다.

피오르두르는 제일 먼저 시워츠의 썰매를 뒤졌다. 결과는 실망스러웠다. 그는 여행 가방 안을 뒤지고 가방을 들어 올려 바닥까지 샅샅이 살폈다. 식료품 상자와 썰매 자루 안쪽도 확인했다. 하지만 약혼녀의 흔적은 어디서도 보이지 않았다. 피오르두르는 폭발하기 일보 직전이었지만 싸늘한 얼굴로 입술을 앙다물었다. 그러더니 손님을 혼자 내버려두고 별채 오두막으로 들어갔다. 여행용 옷과 어포 상자, 개 목줄을 꺼내기 위해서였다. 시워츠가 집 안으로 다시 들어갔을 때는 개들을 썰매에 연결하고 짐까지 실은 다음이었다. 시워츠는 식탁에 앉아서, 새로운 상황에 맞추어 다시금 대화를 나눌 준비를 했다. 그러나 피오르두르는 집 안에 들어서자마자 한마디 양해도 구하지 않고 화덕의 불을 껐고, 손님을 발로 걷어차 차가운 눈 위로 내쫓았다. 이어, 문에 빗장을 걸고 개들을 묶은 썰매로 걸어갔다.

시워츠는 그제야 하우나에서 묵을 수 없다는 사실을 깨달았다. 그는 눈 위에 앉아 멀리 사라지는 피오르두르의 썰매를 쳐다보았다. 순간, 그의 마음에 실망감과 흥분감이 묘하게 교차했다. 그는 피오르두르가 엠마를 차지할 만한 위인이 아니라는 사실에 실망했다. 반면, 여자를 찾아 길을 떠난 피오르두르의 열정에 가슴이 설레기도 했다. 교훈적이라는 생각도 들었다. 시워츠는 서둘러 자리를 털고 일어났다. 그러고는 개들을 썰매에 연결해서 피오르두르가 남긴 흔적을 따라가기 시작했다.

두 사람의 여행은 밤새 계속되었다. 시워츠는 금세 피오르두르를 따라잡았다. 피오르두르는 썰매 뒤를 따라 걸으며 개들에게 채찍을 휘둘렀고, 여러 나라말로 욕설을 퍼부었다. 그리고 아침노을이 동쪽 산봉우리를 불그스름하게 물들일 쯤에야 걸음을 멈추고 텐트를 쳤다. 개들에게 먹이를 준 다음에는 잠잘 준비를 했다. 시워츠에게 한마디도 건네지 않은 채 텐트 입구를 봉했고, 램프의 불을 껐다. 동료가 필요하지 않다는 확실한 표현이었다.

시워츠는 피오르두르의 텐트에서 100미터쯤 떨어진 곳에서 걸음을 멈추었다. 그러고는 개들에게 조만간 영양식을 주겠다고 약속한 다음, 혼자서 비스킷 두 조각을 먹었다. 그리고 썰매에 쌓아둔 짐 더미 위에 침낭을 깔고 잠이 들었다. 이튿날 아침 그가 잠에서 깼을 때, 피오르두르는 이미 가버리고 없었다.

아이슬란드인이 남긴 흔적은 헤르베르트와 안톤이 사는 게스 그레이브를 향하고 있었다. 그러나 시워츠가 도착했을 때는 집이 텅 비어 있었다. 그는 집 안을 둘러보았다. 화덕은 아직 미지근했고, 식탁 위에는 맥주가 한가득 든 단지가 놓여 있었다. 집주인들이 급하게 나간 사실을 그 어떤 말보다도 잘 설명해주는 풍경이었다. 시워츠는 기지 앞을 샅샅이 뒤져 썰매 두 대가 남긴 흔적을 발견했다. 모두 비요르켄보르로 향하고 있었다.

시워츠는 비요르켄보르에 도착하자마자 현관으로 달려갔다. 문을 열고 들어가려던 찰나, 피오르두르가 안에서 돌풍처럼 튀어나왔다. 시워츠는 엉덩방아를 찧었고, 비요르켄이 피오르두르를 따라 문밖으로 따라나오며 소리쳤다.

"피오르두르, 기다려! 기다리라고!"

비요르켄의 말에도 아랑곳없이 피오르두르는 개들에게 채찍을 휘둘러 썰매를 출발시켰다. 비요르켄에 이어 라스릴과 낮짝이 헐레벌떡 뛰어나왔다. 두 사람은 개들을 나누어 비요르켄보르의 썰매 두 대에 연결했다. 그 와중에 비요르켄은 시워츠를 부축해 일으켜 세우고, 따뜻한 커피와 화주를 대접했다. 비요르켄은 썰매를 향해 걸으며 피오르두르가 왜 저렇게 막무가내인지 분석했다.

"빌어먹을, 사랑이야." 비요르켄이 설명했다. "진짜 사랑 말이야!"

"피오르두르는 상상력이 부족해." 시워츠가 한숨을 내쉬며 말했다.

"맞아, 그래서 이런 일이 벌어진 거야." 비요르켄이 맞장구를 쳤다. "피오르두르가 상상력이 풍부했다면 지금쯤 행복한 시간을 보내고 있었겠지. 시워츠, 나랑 같이 가자. 가면서 이 일에 관해 심도 있게 얘기를 좀 나눠보자."

바람의 오두막에서도 엠마를 찾지 못하자, 피오르두르는 빙원을 가로질러 로스만으로 갔다. 이로써 그를 뒤따르는 행렬에는 레우즈까지 포함되었다. 피오르두르는 로스만에 도착하자마자 로이비크를 물리치고 핌불로 갔다. 레우즈와 로이비크에 이어, 밸프레드와 중위가 행렬에 끼어들었고, 일행은 모두 톰슨곶에 도착했다. 오래전 엠마가 탄생한 곳이었다. 이즈음, 피오르두르는 백작을 제외한 연안의 주민 모두를 수행원처럼 거느리고 있었다.

여행 내내 흥겨운 분위기가 계속되었다. 텐트에서 맞이하는 저녁 시간은 한마디로 축제 같았다. 모두 기대감에 부풀어 있었다. 잔치 기분을 내기 위해 텐트가 원을 그리며 둥글게 세워졌고, 사냥꾼들은 텐트 입구에 누워서 수다를 떨었다. 피오르두르만이 이들과 몇백 미터 떨어진 곳에 텐트를 세웠다.

사냥꾼들은 피오르두르와 매스 매슨의 대면을 즐거운 마음으로 기다렸다. 곧 보게 될 북극 최대의 결투를 상상하며 거인들의 대결이 주먹다짐으로 번질지, 말다툼에 그칠지를 두고 내기를 걸었다. 결투가 있으리라고 가정한 다음, 그 결과를 두고 내기를 거는 사람들도 있었다.

이튿날 아침, 거의 모든 사냥꾼들이 피오르두르보다 먼저 톰슨곶에 도착했다. 중대한 결투를 한 장면도 놓치지 않기 위해서였다.

피오르두르가 톰슨곶의 오두막 안에 들어섰을 때에는 거의 모든 사냥꾼들이 식탁에 둘러앉아 있었다. 진풍경이 따로 없었다. 모두가 진홍빛 얼굴을 한 채 반투명하게 언 머리카락을 후광처럼 두르고 있었고, 일자로 얼어붙은 눈썹 아래로 성난 곰처럼 충혈된 눈을 번득였다. 턱수염에는 고드름이 주렁주렁 매달려 있었다. 사냥꾼들은 결전의 순간을 기다리며 침묵했고, 방 안의 분위기도 사뭇 엄숙했다.

"매스 매슨, 어디 있어?" 피오르두르가 문턱에 서서 소리쳤다. 문을 등진 채 침대 안에서 무언가를 찾고 있던 매스 매슨이 천천히 뒤돌아섰다. 그가 새로 도착한 친구를 놀라운 눈으로 바라보았다.

"아, 드디어 아이슬란드 사내가 우리를 찾아왔네!" 그가 즐겁게 말했다. "피오르두르, 어서 들어와 앉아. 지금 빌리암이 음식을 만들고 있으니까, 그때까지 한잔해."

그러나 피오르두르는 한잔할 마음이 전혀 없었다. 그가 카미크로 탕탕 바닥을 구르며 소리쳤다.

"지금 당장 내 약혼녀를 내놔. 어디에 감춘 건지 말해. 매스 매슨, 넌 알고 있지? 네가 그 여자를 데려왔으니까. 안 그래? 다 찾아봤는데 없어. 그러니까 틀림없이 여기에 있을 거야. 그렇지?"

매스 매슨은 고개를 저었다. 그리고 자리를 잡고 앉아 설명을 시작했다. 엠마는 어느 가을 저녁, 그의 상상

속에서 만들어졌다. 그녀가 연안의 주민들을 북돋워주고 위로해준 것도 모두 환상 속에서 일어난 일이었다. 그러나 피오르두르는 환상 따위에 환호하는 애송이가 아니었다. 매스 매슨의 풍부한 상상력에도 관심이 없었다.

"염병할, 엠마가 존재하긴 한다는 거야?" 피오르두르가 격분해 소리쳤다.

"그럼, 그럼, 엠마는 존재해." 매스 매슨이 고개를 끄덕이자, 사냥꾼들이 일제히 고개를 끄덕였다. 엠마는 분명히 존재했다. 사냥꾼들은 저마다 그녀와의 추억을 선명하게 간직하고 있었다.

"좋아." 피오르두르가 험악한 표정으로 사냥꾼들을 한 번 둘러보았다. "엠마가 정말로 존재한다면 내놔. 내가 그녀의 애인이 될 권리를 샀으니까. 지금 당장!"

매스 매슨은 고개를 저었다. 그러고는 심각한 얼굴로 청중을 향해 고개를 돌렸다. 피오르두르가 으르렁거렸다.

"매스 매슨, 네가 여자를 여기까지 데려왔잖아. 그러니까 지금은 권리를 가진 사람에게 여자를 넘기는 게 옳아. 알아들었어?" 피오르두르가 숨을 헐떡였다. 하우나에서 톰슨곶까지 단숨에 달려온 탓이었다. "매스 매슨, 난 지금 당장 그 여자를 데려가야겠어. 안 그럼 화가 나서 무슨 일을 벌일지도 몰라. 너랑 우거지상을 한 이 녀석들을 죄다 작살낼지도 모른다는 말이야. 알아?"

매스 매슨은 피오르두르를 바라보았다. 한눈에 봐도 그는 엠마와는 전혀 어울리지 않았다. 지나치게 실증적이어서 그녀가 존재하는 방식을 이해하지도 못했다. 게다가 지금은 극도로 흥분해서 뇌출혈을 일으킬 판이었다. 한편, 달리 생각해보면 고정관념에 사로잡힌 그나, 관념 속에 엠마라는 인물을 고착시킨 사냥꾼들이나 관념에 놀아난 것은 매한가지였다. 매스 매슨도 마찬가지였다. 물론 주먹다짐으로 아이슬란드 사내의 머릿속에 향상된 관념을 주입할 수는 있었다. 하지만 좋은 방법은 아니었다. 매스 매슨은 때가 되었다고 생각했다. 먼 옛날 신이 인간을 창조했듯, 그는 엠마를 창조했다. 신이 주먹으로 진흙을 내려쳐서 자기가 만든 피조물의 생명을 거두듯, 그도 엠마의 생명을 거둬야 했다. 어쨌거나 엠마는 이제 연안에 필요하지 않았다. 적어도 앞으로 몇 년간은 그럴 것 같았다. 피오르두르가 엠마의 약혼자로 행복하게 살 기회를 영영 잃어버린 것은 안타까웠지만, 엠마가 사라져야 문제가 해결될 것 같았다. 그러려면 피오르두르도 엠마를 보내며 보상을 받았다는 느낌이 들어야 했다. 매스 매슨이 고개를 끄덕였다.

"피오르두르, 이렇게 사소한 일로 흥분해서는 안 돼."

그가 말했다. "고작 여자 하나 때문에 우리 둘이 싸워야겠어? 네가 왜 그러는지는 알아. 다른 사람들처럼 엠마를 못 만나서 속았다는 생각이 든 거니까. 충분히 이해해. 그런데 이건 우리 잘못만은 아니야. 너한테도 잘못이 있어."

"그딴 말로 수작이나 부릴 생각이면, 차라리 입을 다무는 게 좋을 거야." 피오르두르가 분을 삭이지 못하고 으르렁거렸다.

매스 매슨이 미소 지었다.

"피오르두르, 진정해. 내가 여자를 다시 데려오고 손해배상도 해줄 테니까. 그러니까 고집부리지 마. 마법사도 아니고 없는 여자를 어떻게 내놔? 여자가 땅에서 솟아나는 것도 아니고, 안 그래? 왜냐하면 엠마는…… 아냐, 여기까지만 말할게."

"난 권리를 샀고, 그 여잔 내 거야." 피오르두르가 소리쳤다. "이미 값도 치렀어!"

"친구, 나도 알아. 그래서 말했잖아. 변상을 해주겠다고. 어때? 그래도 별로야?"

피오르두르는 한동안 생각에 잠겼다. 피곤이 쌓여서 다리가 후들거렸다. 빨리 결정을 내려야 했다. 잠시 후, 화가 가라앉으며 마음이 정해졌다. 여자에 대해서는 여전히 의구심이 일었지만, 변상을 받는다면 혼자 지낼 수도 있을 것 같았다. 생각이 여기까지 미치자, 그는 문을 닫고 식탁으로 다가가 맨 끝자리에 앉았다.

"좋아, 매스 매슨. 나도 싸우고 싶지는 않아. 변상해 준다니까 제안을 받아들일게. 대신 조건이 하나 있어."

"무슨 조건?" 매스 매슨이 걱정스러운 듯 피오르두르의 눈치를 살폈다.

"다음 배가 오면 엠마를 올보르로 돌려보내. 그게 그 여자를 위해서도, 우리를 위해서도 좋아. 이게 내 조건이야. 못 하겠으면 말해. 변상이고 뭐고, 그냥 싸울 거니까. 그러면 네 아가리가 제일 먼저 박살날 거야."

순간, 식탁을 빙 둘러싸고 앉은 사냥꾼들의 얼굴에 '와' 하고 환한 미소가 번졌다. 피오르두르의 말이 굉장히 멋있게 들렸기 때문이다.

매스 매슨이 상황을 정리했다.

"피오르두르, 나와 힘을 겨루고 싶으면 언제든 말해. 환영이니까. 하지만 내가 지금 이러는 건 원만한 합의를 바라서야. 좋아, 네 말대로 여자를 보낼게. 이제 갖고 싶은 걸 말해봐. 내가 어떻게 변상을 하면 좋겠어?"

피오르두르가 손해배상 품목으로 지목한 것은 낡은 칼 한 자루와 수캐 한 마리, 소량의 금가루였다. 개는

애꾸눈이었지만 그 외에는 흠잡을 데 없는 녀석이었고, 금가루는 매스 매슨이 4년 전 붉은 강에서 체로 걸러낸 것이었다.

마침내 그날이 왔다. 보급선이 출항 준비를 마치자, 사냥꾼 모두가 한자리에 모였다. 세 대의 보트가 엠마를 흠모하는 사내들로 가득찼다. 매스 매슨과 피오르두르는 각자 자기 배를 타고 베슬 마리호로 다가갔다.

올슨 선장을 앞에 두고, 매스 매슨은 곁눈질로 피오르두르의 눈치를 살폈다. 피오르두르는 입을 꼭 다문 채 표정이 굳어 있었다.

"어…… 그러니까, 올슨? 부탁할 게 하나 있어." 매스 매슨이 난처한 얼굴로 한쪽 발을 갑판에 문지르며 말을 꺼냈다. "혹시 배에 남는 자리가 하나 있을까? 엠마가 돌아가야 하거든."

올슨은 챙 달린 모자를 뒤로 젖혔다.

"엠마? 엠마가 누군데?" 그가 퉁명스럽게 물었다.

매스 매슨이 한숨을 내쉬었다. 사냥꾼들의 입에서도 고통스러운 한숨이 차례대로 흘러나왔다.

"그러니까…… 젠장, 엠마 말이야." 공중에 대고 괜스레 손을 휘저으며 매스 매슨이 대답했다.

올슨 선장은 오래전부터 연안을 항해했다. 장기간 연

안을 드나들며 바다와 빙하를 겪었고, 사냥꾼들과도 알고 지냈다. 연안에서는 이해할 수 없는 이상한 일들이 겨우내 자주 일어났다. 그는 이 사실을 누구보다도 잘 알고 있었다. 그가 군소리 없이 대답했다.

"자리는 충분해. 그런데 여자도 항해 규칙을 엄수해야 해."

매스 매슨은 안도의 한숨을 내쉬었다.

"물론 그래야지! 걱정하지 마. 엠마는 까다로운 여자가 아니야. 골치 아픈 일은 절대 일으키지 않을 거야."

"그러면 됐어." 올슨이 입안에서 씹는담배를 뒤집고 윙크하며 물었다. "그런데 매스 매슨, 뱃삯은 누가 치르는 거야?"

매스 매슨은 혼란한 심정으로 피오르두르에게로 고개를 돌렸다. 피오르두르는 대답 대신 단호하게 고개를 저었다.

"어…… 그러니까, 그게 나인 것 같아. 방금 그런 느낌이 들었어." 매스 매슨이 말을 더듬었다.

올슨의 얼굴에 환한 미소가 피어났다.

"그렇군. 그런데 숙녀는 남자들하고 뱃삯이 달라. 알지?"

매스 매슨은 처음 듣는 소리였다. 그가 불안한 얼굴

로 물었다.

"얼마를 내야 하는데, 올슨?"

"어디 보자. 네가 뱃삯을 내는 거고, 네 애인인 것 같
으니까…… 네가 지난겨울 동안 사냥한 것의 4분의 1
만 내. 여자는 내가 책임지고 잘 모셔갈게. 최고로 대접
해주면서. 약속해."

매스 매슨은 억울한 마음을 꾹꾹 눌러 삼켰다. 한 해
사냥한 포획물의 4분의 1이라니! 듣자마자 화가 치밀어
올랐다. 그러나 다른 방도가 없었다. 그는 말없이 고개
를 끄덕였다. 마음 한편에서는 빌리암에게 엠마의 애인
자리를 양도하면서 받은 30구경 쌍발 엽총이 떠오르기
도 했다. 뱃삯이 터무니없이 비싸기는 했지만, 빌리암으
로부터 받은 것도 만만치가 않았다. 그만하면 밑지는
장사는 아니었다.

베슬 마리호가 닻을 올리자 요트를 탄 사냥꾼들이
열렬히 환호했다. 모두가 챙 모자와 털모자를 흔들며
엠마를 배웅했다. 매스 매슨은 값비싼 30구경 쌍발 엽
총을 한 차례 발사했다.

올슨 선장은 갑판에 서서 눈살을 찌푸렸다. 엠마로
인해 젊은 시절 노보시비르스키제도에서 겨우내 얼음에
갇혀 지낸 일이 떠올라서였다.

"엠마라…… 젠장," 올슨이 부관에게 투덜거렸다. "엠마가 정확히 뭔지 얘길 해줬어야지, 안 그래?" 그는 선실 안을 둘러보았다. 그러고는 생각에 잠겨 머리를 흔들었다. "랍테프해에서는 그 여자를 시그리드라고 불렀는데…… 염병할, 난 여자가 내 배에 타는 게 싫어."

북극의 사파리

—

까칠한 레이디 헤르타와 영국식 페어
플레이 정신

우리 모두의 인생에는 기준과 지표가 되는 지점이 있다. 어떤 일화들은 기억 속에 각인되어 흘러가는 시간을 가늠하게 해준다.

앞으로 이어질 이야기는 그린란드 북동부의 사냥꾼들에게 그런 지표가 된 사건에 대한 것이다. 훗날 사냥꾼들은 이 사건에 '헤르타의 여름'이라는 이름을 붙였다. 그렇게 해서 하우나에서 할보르가 닐스 노인을 잡아먹은 일은 헤르타의 여름으로부터 2년 반 전의 일이 되었고, 백작이 볼품없는 첫 감자를 수확하고 자랑한 것은 헤르타의 여름으로부터 1년 뒤에 일어난 일이 되었다.

그해에는 베슬 마리호가 유난히 일찍 도착했다. 바다가 얼지 않아서 빙하에 부딪힐 염려 없이 속력을 높일 수 있어서였다. 베슬 마리호는 톰슨곶에 정박한 뒤, 북쪽 기지 몫의 보급품을 만조에도 물이 차지 않는 해변에 내렸다. 그런 다음 비요르켄보르를 향해 곧바로 길을 떠났다. 남부 연안 몫의 보급품을 비요르켄보르에 내려주기 위해서였다.

이 전례 없는 베슬 마리호의 신속함은 연안의 주민들을 깜짝 놀라게 했다. 올슨 선장은 선원들을 호되게 다그치면서도 서두르는 이유를 설명하지 않았다. 육지에 내려서 인사를 나눌 시간도 주지 않았다. 덕분에 하역 작업은 순식간에 끝이 났고, 1년에 한 번 운행하는 보급선도 눈 깜짝할 사이에 수평선 너머로 사라졌다.

여름을 맞아 연안의 사냥꾼들은 관례대로 톰슨곶에 모였다. 사냥꾼 회의를 열어 각자의 생각과 경험을 나누기 위해서였다. 사냥꾼들은 이 회의를 통해 사냥 구역을 분할했고, 지난해 일어났던 작은 다툼들을 해결했다. 올슨 선장이 서둘러 하역을 마치고 내뺀 이유에 대해서도 쑥덕공론이 펼쳐졌다. 누군가는 선장이 조만간 독신 생활을 청산할 모양이라고 추측했다. 트롬쇠에서 만난 예쁜 여자 때문에 꽁무니에 불이 붙은 사람처럼 서둘렀다는 것이다.

"내가 장담하는데, 올슨은 여자 생각으로 머리가 꽉 차 있어." 아이슬란드인 피오르두르가 선언했다. "남자를 저렇게 달려가게 하는 건 여자밖에 없거든."

매스 매슨이 끼어들었다. 그는 올슨 선장에 대해 다른 누구보다도 잘 안다고 자부하고 있었다.

"아냐, 넌 올슨을 몰라. 녀석의 혼을 빼놓을 여자는 아직 태어나지도 않았어. 분명 돈 냄새를 맡았을 거야. 올슨을 달리게 하는 건 오직 돈뿐이야. 혹시 또 알아? 놈이 서쪽 빙하에서 바다표범이 뒤늦게 새끼를 잔뜩 낳은 걸 발견했을지. 맞아, 그래서 거기로 간 걸 거야. 부수입을 좀 올리려고."

"불가능해." 밸프레드가 눈을 떴다. 잠이 거의 다 깬 얼굴이었다. "매스 매슨, 8월에는 그런 일이 일어날 수 없어. 자연의 섭리에 어긋나니까."

"자연이 무슨 일을 할지는 아무도 몰라." 매스 매슨이 말했다. "게다가 요즘엔 자연의 이치에 어긋난 일이 좀 많아야지! 자연은 인간의 이해를 초월해. 굉장히 변덕스럽지. 어쩌면 크리스마스이브에 태어나는 바다표범이 생길지도 몰라."

매스 매슨은 수염 끝자락을 꽈서 귀를 후벼 팠다.

"그러니까 내 말은 바다표범 새끼가 정말로 거기에 있다는 건 아니었어. 그냥 그럴 가능성도 있다는 거였지. 누가 알겠어? 올슨에게 또 다른 계획이 있는지. 예를 들어서 여기로 다시 여행을 온다든가, 뭐, 그런 거."

비요르켄이 깜짝 놀라서 오랜 친구에게로 고개를 돌렸다.

"여길 다시 온다고? 와서 뭘 하려고?"

"그건 나도 몰라." 매스 매슨이 대답했다. "그래도 내 말을 기억해두는 게 좋을 거야." 그는 마치 올슨의 항해 일정을 줄줄 꿴 사람 같았다.

다수는 동의하지 않았지만, 매스 매슨의 생각이 적중했다. 9월 초, 커다란 빙산 너머로 연기가 피어오른 것이다. 사냥꾼들이 톰슨곶 오두막 앞에 의자를 내놓고 앉아 햇볕을 쬐고 있을 때였다. 라스릴이 잔뜩 흥분해서 소리쳤다.

"저것 보세요! 연기예요! 배가 오고 있어요!"

"이럴 줄 알았어." 매스 매슨이 말했다. "베슬 마리호잖아. 내가 그랬지? 올슨에게 다른 꿍꿍이가 있다고."

베슬 마리호의 두 번째 항해는 처음보다 쉽지 않았다. 북쪽 빙하가 낡은 배를 궁지에 몰아넣고 압박을 가해서 배의 여기저기서 비명이 들려왔다. 그런데도 베슬 마리호는 사흘 만에 해안 가까이 접근했다. 비요르켄이 쌍안경으로 갑판의 세부 모습을 식별할 수 있는 거리였다.

"올슨이 보여?" 매스 매슨이 물었다. 비요르켄은 박공 위에 풀 한 줌을 올리고 그 위에 쌍안경을 얹었다. 쌍안경을 고정하기 위해서였다.

"응, 그리고 이상한 게 하나 더 있어." 비요르켄이 대답했다.

비요르켄은 '이상한 것'에 대해 별다른 설명을 덧붙이지 않았고, 누구도 궁금한 기색을 내비치지 않았다. 벤치에 앉은 사냥꾼들 사이에 묘한 흥분감이 피어올랐다.

잠시 후, 비요르켄의 말에 모두가 놀라움을 금치 못했다.

"아까 내가 말한 그 이상한 게 여자를 닮았어." 비요르켄은 쌍안경을 뒤집어 들고, 털실로 짠 내의 팔꿈치 부분으로 큼지막한 렌즈를 닦았다.

피오르두르가 짓궂은 눈으로 매스 매슨을 흘겨보았다. "거봐, 내가 여자 냄새가 난다고 했잖아. 안 그래? 지금 여기로 신혼여행을 오는 거야. 여자를 감동하게 하려는 수작이지."

"허튼 소리. 올슨은 합리적이라서 결혼 같은 건 안

해." 매스 매슨이 으르렁거렸다. "내 말이 맞을 거야. 분명 돈 냄새를 맡은 거야. 기다려봐, 내가 틀렸는지 맞았는지 곧 알게 될 테니까."

비요르켄이 매스 매슨의 주장에 힘을 실었다.

"저 여잔 올슨의 종달새가 아니야. 딱 봐도 그래. 바보라도 그건 알 거야. 상류층의 여자니까. 염병할, 숙녀야, 숙녀!"

숙녀가 온다는 말에 모두는 안절부절못하고 동요했다. 매스 매슨은 입을 다물지 못하고 씹는담배를 떨어뜨렸다.

"숙녀라고?" 그가 놀라서 물었다. "비요르켄, 제대로 본 거 맞아?"

"숙녀가 맞아." 숙녀라는 희귀한 존재를 자세히 살펴본 다음, 비요르켄이 선언했다. "분명해." 더 볼 것도 없다는 듯, 그가 딸깍 소리를 내며 쌍안경을 접어 안경집에 집어넣었다. "일일이 다 묘사하진 않을게. 그랬다간 다들 산으로 도망가서 숨을 테니까. 그렇지만 숙녀인 건 확실해. 장담할 수 있어. 그것도 최상류층 숙녀야."

비요르켄은 무슨 일이든 과장해서 말하는 버릇이 있었고, 사냥꾼들도 이 사실을 잘 알고 있었다. 그런데도 그가 방금 내뱉은 말은 마취 효과를 일으켰다. 연안의 주민들은 입을 꾹 다물고, 내리쬐는 햇볕 아래 앉아 겁먹은 햇병아리들처럼 갈팡질팡했다. 당연한 일이었지만, 제일 처음 그들의 머릿속에 떠오른 것은 도망치는 것이었다. 종전만 해도 그들은 따뜻한 햇살 아래 옹기종기 모여 앉아서 무탈하게 지나갈 계절에 안도했다. 다가올 겨울도 평화로울 것이라고 확신하며 기분 좋게 휴식을 취하고 있었다. 그런데 갑자기 배가 갑판에 숙녀를 싣고 나타난 것이다.

비요르켄의 말에 가장 충격을 덜 받은 사람은 밸프레드였다. 따뜻한 햇볕 아래서 졸고 있던 그는 비요르켄의 불안한 보고를 한쪽 귀로 흘려들었다. 밸프레드는 눈을 비비며 늘어지게 하품을 했다. 곧이어 모두가 전염된 듯 차례대로 하품했다.

"비요르켄, 방금 숙녀라고 했어?" 밸프레드가 졸린 얼굴로 깡마른 체구의 길쭉한 동료에게로 시선을 옮겼다. "헤헤, 나도 옛날에 그런 여자를 만난 적이 있어. 진짜 숙녀였지. 아주 오래전의 일이야."

밸프레드의 말에 모두가 그를 쳐다보았다. 숙녀를 만난 적이 있다니, 정말 대단했다. 어쩌면 밸프레드의 경험이 도움이 될지도 몰랐다.

"숙녀를 몇 명이나 만나봤어?" 헤르베르트가 물었다.

"몇 명이었냐고? 글쎄, 그게 어떤 경우냐에 따라 달라." 밸프레드가 알쏭달쏭한 대답을 했다. "내가 알던 여자는 코펜하겐의 고테르스가데 거리에서 수예점을 했어. 아주 오래전의 일이긴 하지만 기억은 나. 그렇게 특별한 구석이 있지는 않았지만, 얼굴이 아기자기하게 예뻤어. 최상류층 숙녀였지. 그 여자한테서는 특별한 냄새가 났어. 진짜 숙녀들한테서 나는 냄새."

"그게 어떤 냄샌데?" 안톤이 물었다. 그는 배움에 굶주려 있었고, 숙녀에 관해 아는 것이 거의 없었다.

"아, 그거? 음, 뭐라고 하면 네가 이해하기 쉬울까?" 밸프레드가 목덜미를 긁었다. "그래, 이를테면, 백작의 머리카락에서 나는 로션 냄새랑 비슷해. 양배추 삶을 때 나는 냄새도 나고. 그런데 별로 강한 냄새는 아니야. 코를 찌르지도 않아. 그냥 은근히 나. 숙녀들은 매일 비누로 씻고 향수 같은 걸 뿌려서 그런 냄새가 나는가 봐."

"그럼 양배추 냄새는? 그건 어디서 나는 거야?" 안톤은 알고 싶은 것이 많았다.

"내 생각에는 속에서 나는 것 같아. 숙녀들은 보통 사람들하고 다르니까. 속에서 양배추 냄새가 나는 것도 아마 그래서일 거야."

밸프레드는 숙녀에 관해 꽤 많은 것을 알고 있는 듯

했다. 냄새에 관한 이야기도 그럴싸했다. 정도의 차이만 있을 뿐 인간은 모두 냄새를 풍겼다. 밸프레드는 다른 사람들보다 심한 냄새를 풍겼는데, 그에게서 나는 냄새는 악취에 가까웠다.

"수예점 숙녀와는 어땠어?" 비요르켄이 물었다. "까다롭게 굴었어? 얘기도 나눠봤어? 다른 건?"

"그럼, 당연하지. 그 부분에서는 수예점 여자도 다른 여자들과 같았어." 밸프레드가 벤치 위로 몸을 일으키며 고백했다. "말할 때 사용하는 단어들이 우리가 평소에 사용하는 거랑 달랐거든. 뭐랄까, 조금 이상했어. 꾸며서 말하는 것 같기도 하고, 생각이 많았어. 상상력도 풍부했지. 대부분 나한테는 수준이 너무 높은 것들이었어."

"밸프레드, 그건? 남자가 여자하고 하는 그거 말이야. 수예점 숙녀하고도 해봤어?" 안톤이 물었다. 그는 엠마와 교제하며 조금 경박해졌다.

밸프레드는 서글픈 미소를 지었다. 그가 한때 자기 밑에서 수습생으로 일하던 안톤을 바라보았다.

"숙녀들은 그런 건 안 해." 밸프레드가 대답했다.

"왜?"

"헤, 왜 안 하냐고? 그러니까 숙녀들은……." 살짝 당황한 밸프레드가 손가락으로 요란하게 코를 풀었다.

두 번에 걸쳐 코를 푼 후에야 내용물이 밖으로 튀어나왔다. "왜 안 하냐고? 안톤, 그런 건 대답하기가 좀 곤란해. 굉장히 복잡하거든. 하는 사람도 있고, 안 하는 사람도 있겠지만, 내가 아는 한 숙녀들은 절대로 그런 걸 안 해."

안톤이 고개를 저었다. 밸프레드의 말이 이해되지 않아서였다. "밸프레드, 그럴 리가 없어. 그건 세상 사람 모두가 해. 그런데 어떻게 안 할 수 있어?"

밸프레드는 두 손을 모아 배 위에 얹고, 턱을 가슴 위로 떨어뜨렸다. 따끈한 햇살의 유혹에 한숨 자고 싶은 마음이 들었다.

"안톤, 아마 네 말이 맞을 거야." 밸프레드가 나지막한 목소리로 말했다. "넌 젊으니까 기억이 생생할 테지. 슈냅스에 빠진 나 같은 중늙은이랑은 다르게. 그런데 내가 만난 숙녀는 정말로 안 했어. 적어도 내 기억으로는 그래. 나랑은 안 했으니까. 기회가 아예 없었던 건 아니야. 염병할, 누가 양배추 냄새가 나는 여자와의 동침을 싫어하겠어? 안 그래?" 그가 눈을 감았다. "정말이야. 그 여자는 털실을 감고, 실패나 단추 세는 걸 더 좋아했어. 안톤, 숙녀들은 다 그래."

"설마!" 안톤은 숙녀에 대해 더는 묻지 않았다. 엠마가 진짜 숙녀가 아니라는 사실이 기뻐서였다.

레우즈가 손가락으로 오두막 앞을 가리켰다. 본인의 주장에 따르면 그는 상류층 사람으로 도시에서 살았다.

"내가 시시콜콜하게 톰슨곶의 일에 참견하려는 건 아니야." 그가 말했다. "그런데 청소를 좀 하는 게 어떨까? 기지에 관한 모든 권리는 대장에게 있지만, 숙녀가 온다고 하니까 정돈을 해야겠다는 생각이 들었어. 안 그러면 숙녀분이 돼지비계 조각을 밟고 미끄러질 수도 있고, 깡통에 손을 베거나 개똥 위로 넘어질 수도 있으니까."

매스 매슨이 동의했다.

"맞는 말이야. 청소 상태가 영 엉망이긴 해. 다른 세상에서 온 사람은 적응하기 힘들지. 프리마돈나가 배에서 내리기 전에 일단 큰 쓰레기부터 치우자."

중위가 한마디 거들었다.

"집 밖은 물론 집 안도 치워야 해. 그런데 바닥은 대체 언제 닦은 거야?"

검은 머리 빌리암이 대답했다.

"응? 잘 모르겠는데? 매년 크리스마스 때마다 박박 문질러 닦긴 해. 이건 정확히 기억해."

백작은 어떤 주제에도 의견을 내세우거나 제안하는 경

우가 드물었다. 그가 모두를 놀라게 하며 입을 열었다.

"내 생각에는 숙녀가 집 근처나 그 안을 들여다보고 충격을 받지는 않을 것 같아. 쓰레기라면 베슬 마리호에서도 많이 봤을 테니까. 하지만 우리를 보면 좀 놀랄 것 같아." 백작은 말을 마친 뒤 사냥꾼들을 가만히 훑어보았다.

"백작의 말이 맞아." 헤르베르트가 말했다. "우리도 씻어야 해."

대부분의 사냥꾼이 고개를 끄덕였다. 낮짝이 물었다.

"옷도 갈아입어야 할까?"

매스 매슨이 선언했다.

"집 청소를 하고 몸을 씻자. 머리도 좀 다듬고 다들 예복으로 갈아입어. 품위 있게 숙녀를 맞아야지. 그린란드 북동부 역사상 숙녀가 연안을 방문하는 건 처음이니까."

사냥꾼들은 남은 오후를 그때껏 나온 제안의 찬반을 결정하는 데 소모했다. 찬성한 사람은 많았고, 반대하는 사람은 적었다. 밸프레드는 거부권을 내세우며 강력히 저항했다. 씻는 것도, 수염을 자르는 것도, 고상한 옷을 입는 것도 싫어서였다. 자신은 자유롭게 살기 위해 북극까지 왔기 때문에, 이 점을 숙녀가 받아들일 수 없다면 본인이 배에서 내리지 말거나, 다른 연안으로 가야 한다고 주장했다.

밸프레드의 거센 항의에 청소를 찬성한 레우즈와 중위, 매스 매슨이 새로운 의견을 내놓았다. 숙녀가 머무는 동안 그를 숨겨놓자는 제안이었다. 밸프레드도 딱히 싫은 기색이 아니었다. 별채 오두막으로 매일 수차례에 걸쳐 식사와 화주를 공급하고, 물릴 때까지 자게 해주겠다는 조건이 마음에 들어서였다. 저녁 무렵이 되어 북풍이 잦아들자, 얼음이 녹으며 바다 위로 서서히 흩어지기 시작했다. 자정이 되기 전에는 빙해 위로 물고랑이 파여 연안까지 길게 이어졌다. 빙판 곳곳에 균열이 생기며 연안에서 바다 사이에 500여 미터 길이의 조각보가 그려졌다. 베슬 마리호는 그 틈을 타고 후진과 전진을 반복했다. 그리고 마침내 얼음에서 빠져나와 물고랑 사이로 들어섰다. 그 시각, 톰슨곶의 사냥꾼들은 배를 모는 올슨 선장만큼이나 고된 노동을 하고 있었다.

밤사이 집에 비축해둔 검은 비누가 동이 났다. 사냥꾼들은 비누를 대야에 풀어 오두막 외벽에 뿌렸고, 실내를 닦는 데에도 썼다. 군인이 되기 전에 이발사 보조로 일했던 중위는 가위를 들고 엄청난 양의 머리카락과 수염을 잘라냈다. 기름때가 낀 양모 스웨터는 밤사이 거의 깨끗해져서 향긋한 냄새를 풍겼고, 아이슬란드 스웨터는 빳

빳한 깃과 탈착 가능한 소매가 달린 예식용 셔츠로 대체되었다. 유럽에 있을 때 세련된 멋쟁이였던 매스 매슨은 가지고 있던 예복 몇 벌을 친구들에게 빌려주었다. 비요르켄은 풀을 먹인 플래스트런*을 빌렸다. 그런데 영 모양이 나지 않았다. 그것은 옷보다 몇 치수가 커서, 비요르켄의 가슴에 새겨진 세 돛 범선과 세부 장식이 완전히 가려졌다. 그의 유일한 위안은 불을 뿜는 용이 보이지 않는다는 사실이었다. 모두 알다시피, 용 문신은 검은 머리 빌리암의 것이었다. 비요르켄은 그가 용을 숙녀에게만은 자랑하지 않기를 바랐다.

오두막이 바닥부터 천장까지 말끔해졌다. 헤르베르트와 안톤이 유리 조각으로 마루를 사정없이 문질러 묵은 때를 벗겨낸 결과였다. 시워츠와 피오르두르는 자작나무 빗자루와 비눗물로 테라스를 청소했고, 매스 매슨은 일찌감치 술병을 들고 들어간 밸프레드가 잠들어 있는 별채 오두막에 기름때가 낀 침낭 일체를 쑤셔 넣었다. 바다표범 기름으로 문지른 화덕에서는 반질반질 윤이 났고, 그을음으로 새카맣던 천장은 솔질로 눈이 부셨

---

* 슈트나 드레스의 가슴 부분에 변화를 주기 위해 고안된 가슴 장식의 일종.

다. 집에 들어온 숙녀 위로 숯가루가 떨어지지 않도록 배려한 것이었다. 숙녀를 영접하기 위한 대대적인 작업이 끝이 나자 백작은 차를 끓였고, 사냥꾼들은 밖으로 나가서 볕이 드는 곳에 자리를 잡았다.

한편 베슬 마리호는 육지에 닻을 내리기 위해 마지막으로 용을 쓰고 있었다. 괴상한 차림의 사냥꾼들은 아침 햇살을 받으며 벤치에 앉아서, 배가 들어오는 광경을 응시했다. 탁자 위에 놓인 찻주전자에서 김이 모락모락 나고 있었지만, 아무도 차를 따라 마실 생각을 하지 못했다.

단장을 마친 사냥꾼들은 체구가 한결 작아졌다. 아이슬란드 스웨터를 입은 매스 매슨은 항상 거인 같았는데, 지금은 평범해 보였다. 평상시 보통 체격 같았던 비요르켄은 뼈와 가죽만 남은 것 같았고, 검은 머리 빌리 암은 이발을 하면서 재미있게 생긴 두개골이 밖으로 드러났다. 낮짝은 턱이 사라졌고, 로이비크는 반대로 턱이 세 개가 되었다.

복장도 눈에 띄게 달라졌다. 매스 매슨이 지난 휴가 때 가져온 예복은 열여섯 명의 사냥꾼을 입히기에는 부족했다. 따라서 사냥꾼들은 예복을 조금씩 나누어 입는 데 만족했다. 매스 매슨이 다음 유럽 여행을 위해 풀을 먹여 보관해온 플래스트런 세 장은 비요르켄과 낮짝, 그리고 매스 매슨 본인이 차지했다. 다른 사냥꾼들은 파란색 스웨터나 천으로 된 방한복을 입었다. 시워츠와 피오르두르는 펠트 모자를 하나씩 나누어 썼고, 중절모는 백작의 손에 넘어갔다. 큼지막한 체크무늬의 여름 예복은 라스릴의 몸 위로 애처롭게 펄럭였다. 넥타이, 여름 신발, 끝이 접힌 칼라, 모조 커프스 따위가 각자의 취향에 따라 골고루 배분된 결과였다. 전부 그들이 잠시나마 문명사회에 속했다는 사실을 증명하는 것들이었다. 그린란드 북동부의 주민들은 단장을 마치고 양지바른 곳에 어깨를 나란히 하고 앉아, 숙녀의 방문을 기다렸다.

헤르타 빅토리아 반 리튼은 숙녀임이 분명했다. 그녀는 켄트주의 해밀턴 가문에서 태어났다. 바이런민스터와 첫 번째 결혼을 했고, 셰필드와의 두 번째 결혼으로 헤르타 앞에 '레이디'가 붙게 되었다. 세 번째이자 마지막 결혼은 반 리튼과 했다. 반 리튼은 진홍색 장미를 발명한 네덜란드 사람이었다. 존데제도의 섬을 여럿 소유한 부호이기도 했다.

레이디 헤르타는 뛰어난 여행가였다. 그녀가 탐험한 미지의 장소들은 그녀의 입을 통해 세상에 알려졌다. 그녀는 세계 각지를 누비며 물소, 사자, 코끼리, 호랑이와 작은 짐승들을 사냥했다. 아무나 들어갈 수 없는 여성 탐험가 협회의 회원이자, 영국 여성 모험가 클럽의 창설자였으며, 케냐와 인도의 아삼 지역에서 벌어지는 빅 게임 헌터 자격증도 갖고 있었다.

헤르타 반 리튼은 깡마른 몸매에 윤기 없는 피부를 가진 60대 여자로, 고무처럼 질겼고, 무서울 게 없는 강철 같은 사람이었다. 그녀가 제일 좋아하는 취미는 사냥이었다. 그녀는 많은 여행지를 다녔지만, 여행지의 풍경이나 그곳 사람들에게는 관심이 없었다. 그녀의 관심은 오로지 사냥에 쏠려 있었다. 그린란드의 웅장한 바다와 빙하를 보고도 그녀는 전혀 동요하지 않았다. 연안의 아름다운 산봉우리들도 선사시대부터 살아온 동물인 사향소를 사냥하기 위해 넘어야 할 장애물일 뿐이었다.

베슬 마리호의 보트가 해변에 닿았다. 오두막을 향해 레이디 헤르타를 안내하는 올슨 선장을 보며 사냥꾼들은 어딘가 이상하다는 것을 눈치챘다.

"돈이야." 매스 매슨이 친구들에게 속삭였다. "그것도 엄청난 양의 돈더미에 올라앉은 여자야. 확실해. 내가 1천 크로네를 걸게. 올슨은 돈 냄새를 맡으면 언제나 저렇게 변해. 돈 많은 사람 주변을 알짱대며 멍청하게 웃고, 파리처럼 손을 비비지."

올슨 선장과 레이디 헤르타는 탁자에서 몇 미터 떨어진 곳에서 걸음을 멈추었다. 올슨은 미소를 머금은 채 고개만 끄덕일 뿐, 아무 말이 없었다. 레이디 헤르타는 사냥꾼들을 찬찬히 살펴봤다. 줄지어 선 사람들을 날카로운 시선으로 한차례 훑어보고는 벌써 사냥감 냄새라도 맡은 듯 좁은 콧구멍을 벌름거렸다. 면도한 얼굴들을 쳐다보며, 그녀가 올슨을 향해 고개를 돌리고 물었다.

"So, these are the natives(그러니까 이 사람들이 원주민들이란 말이죠)?"

올슨은 고개를 끄덕이고 마른기침을 했다. 그런 다음 그가 영어로 대답했다. "원주민이라…… 어떻게 보면 그럴 수도 있겠네요. 마음에 안 들면 남쪽으로 더 가볼까요? 원주민들은 거기에도 있어요."

비요르켄은 기가 막힌다는 듯 입을 벌리고 올슨을 쳐다보았다. 그러고는 손가락 하나를 입에 집어넣고 송곳니에 달라붙은 잎담배를 떼어냈다. 그가 물었다.

"올슨, 이게 무슨 짓이야? 무슨 꿍꿍이지?"

선장이 집게손가락으로 숙녀를 가리키며 말했다.

"숙녀분을 돕겠다고 약속했어. 이분은 레이디 헤르타야. 맹수 사냥을 비롯해 다방면에서 유명한 분이지."

"염병할!" 비요르켄이 숙녀를 쳐다보았다. "이 여자가 여기서 사냥꾼 노릇을 한다는 거야? 설마 비요르켄 보르로 보내려는 건 아니지?"

올슨 선장이 고개를 저었다.

"그게 아니라 여기서 소풍을 한대. 무슨 사파리라고 하던데? 사향소 사냥을 할 거래."

선장의 말에 매스 매슨이 박장대소했다.

"사향소를 사냥한다고? 사향소는 사냥하는 게 아니야. 도살장에서처럼 그냥 쏘기만 하면 되니까. 이 말은 안 한 거야?"

레이디 헤르타는 올림포스 여신처럼 비요르켄과 올슨 선장이 대화를 나누는 모습을 침착하게 주시했다. 그녀는 통역사를 통해 원주민들과 협상을 벌이는 데 익숙했고, 이럴 때는 인내심을 갖고 기다려야 한다는 걸 알았다. 베슬 마리호의 갑판 위에서 선장에게 이미 요구 사항을 전달한 뒤였기에 따로 할 말도 없었다. 그녀가 선장에게 사냥에 필요하다고 부탁한 것은 짐꾼 열 명, 정찰병 몇 명, 요리사 한 명, 그리고 시중을 들고 총을 가져다줄 개인 시동이었다.

올슨은 잠시 사냥꾼들의 옷차림을 살펴봤다. 한마디 해주고 싶었지만, 지금은 그럴 때가 아니었다. 흥정하려면 우선 사냥꾼들의 기분이 좋아야 했다. 그가 모자를 뒤로 젖히며 말했다.

"저 여자가 소를 어떻게 잡든 나랑은 상관이 없어. 내 임무는 여자를 여기까지 데려오고 사냥을 할 수 있게 돕는 거니까. 이유는 모르지만, 저 여자는 사향소 뿔 몇 개를 영국 재봉 협회에 가져다주고 싶어 해. 나한테 자기를 도와줄 사람이 있는지 알아봐달라고 했어. 원정을 나갈 때 가져갈 짐이 조금 있거든. 텐트 하나랑 자잘한 물건들인데, 어떻게 할래?"

매스 매슨은 지난여름 엠마를 돌려보내며 거액의 뱃삯을 낸 사실을 아직도 기억하고 있었다. 그가 짓궂게 물었다.

"올슨, 우리가 저 여자를 도우면 넌 뭘 줄 건데?"

선장은 몸을 비비 꼬았다. 레이디 헤르타의 대리인 자격으로 협상을 하는 것뿐인데도, 돈을 줘야 한다는 말을 듣자 벌을 받는 느낌이 들었다. 올슨은 식은땀을 흘리며 몰래 심호흡을 했다.

"하루에 5크로네." 그가 사냥꾼들의 마음을 슬쩍 떠봤다.

올슨 선장의 말에 매스 매슨이 배꼽을 잡고 웃었다.

"에이, 올슨, 그건 아니지! 사향소 사냥이 위험할 수도 있잖아. 안 그래? 우리가 하루에 겨우 5크로네를 받고 목숨을 걸 것 같아? 남쪽으로 더 내려가봐. 거기 가면 네가 놓은 덫에 걸릴 머저리들이 있을지도 모르니까."

올슨이 목소리를 떨며 10크로네로 금액을 인상했다.

"조금 가까워졌네." 매스 매슨이 말했다. "거기서 두 배를 더 올려봐. 그럼 다들 안 한다고는 못 할 테니까."

"휴, 좋아, 그럼 15크로네." 올슨이 쉰 목소리로 속삭였다. 식은땀이 머리카락을 타고 목덜미로 흘러내렸다. 빳빳하게 세운 깃이 땀에 젖으며 버터처럼 흐물흐물하게 내려앉았다. "15크로네. 이 정도면 적당할 것 같은데, 안 그래?"

"뭐, 거절하고 싶지만, 숙녀분의 일이니까 받아들일게." 매스 매슨이 대답했다. "여자 혼자 가방을 들고 골짜기를 오르게 할 수는 없으니까."

올슨은 안도의 한숨을 내쉬며 레이디 헤르타에게로 몸을 돌렸다. 그가 협상 내용을 요약했다. 그러면서 은근슬쩍 20크로네로 금액을 올렸다. 영어를 알아듣는 사람이 아무도 없다고 믿었기에, 목소리를 낮추는 수고도 하지 않았다. 하지만 그것은 그의 착각이었다. 대학 입학 시험을 통과한 청년, 안톤 페데르센이 갑자기 20크로네로 값이 뛴 것을 알고 사기라고 소리친 것이다.

"뭐라고?" 헤르베르트가 젊은 친구에게로 고개를 돌렸다.

"사기야. 여자에게 20크로네를 요구하면서 우리에겐 15크로네만 주잖아." 안톤이 소리쳤다.

매스 매슨이 올슨을 보고 빙그레 미소를 지었다.

"올슨, 어쩜 이렇게 깜찍한 생각을 했지? 우리가 이 일을 왜 해야 하는지 갑자기 의문이 드네! 미안한데, 우린 그냥 톰슨곶에 있을래. 그게 편하겠어. 우리가 왜 숙녀분의 짐을 들고 이리저리 끌려다녀야 하는지도 모르겠고. 염병할, 네 배나 불려주자고? 싫어, 올슨. 우린 집에 남을 거야."

올슨의 얼굴이 새빨개졌다.

"20크로네 다 가져."

"싫어, 우린 30크로네를 받아야겠어. 숙녀가 15크로네를 내고, 15크로네는 네가 내." 매스 매슨이 말했다. 그런 다음 친구들을 돌아보았다. "어떻게 생각해?"

올슨 선장을 제외한 모두가 매스 매슨의 말에 동의했다. 올슨은 속으로 분을 삭이며 매스 매슨의 제안을 받아들였다. 그는 레이디 헤르타에게 사기꾼처럼 보이고 싶지는 않았다.

계약서의 효력을 지닌 악수가 오갔다. 일은 다음 날

아침에 시작하기로 했다.

그린란드 북동부의 사냥꾼들은 종종 놀기 좋아하는 사람들로 묘사되는데, 그 말이 인생의 기쁨을 안다는 의미라면 확실히 맞는 표현이다. 사냥꾼들이 이런 취미를 갖게 된 것은 단조로운 일상과 강도 높은 노동, 고립된 생활 탓인지도 모른다. 아니면 이들이 다른 사람들보다 천성적으로 유쾌하고, 느긋하고, 개방적이라서 인생을 즐길 준비가 누구보다도 잘 되어 있기 때문인지도 모른다.

그렇기는 하지만, 사실 그린란드의 사냥꾼들은 세계 여느 지역 사람들과 다르지 않다. 다른 점이 있다면, 보다 큰 가능성을 지니고 있다는 것뿐이다. 사회적 울타리 속에서 평생을 살아가는 사람들은 북극에서의 삶을 끔찍하게 상상한다. 끝없이 넓고 척박한 땅에서 황량하게 펼쳐진 빙하와 무시무시한 고독과 싸우며 수도승처럼 살아가는 인생을 떠올린다. 이런 사람들은 사냥꾼들을 제대로 이해하기가 어렵다. 사냥꾼들은 생각만 해도 오금이 저리는 환경 속에서 한 해, 두 해를 지내고, 그것으로 모자라 북극에 아예 자리를 잡는다. 그곳에서의 삶을 좋아해서다.

그러나 사막에 익숙한 사람이라면 얘기가 달라진다. 그런 사람에게는 황무지가 결코 황량하게 느껴지지 않는다. 그들은 눈앞에 보이는 모든 산과 계곡, 피오르와 빙산이 저마다 놀라운 선물을 감추고 있다는 사실을 안다. 고립감은 분명 견디기 어려운 감정이지만, 자신에게 자유라는 최고의 선물을 하기에 좋다. 북극은 생명으로 가득 차 있고, 끊임없이 변화한다. 생명을 구성하는 원소 외에는 거추장스러운 것이 없고, 자연 외에는 섬길 주인이 없으며, 사내들끼리 정한 몇 가지 규칙 외에는 법도 존재하지 않는다. 그린란드의 사냥꾼들은 세상 모든 사람과 다르지 않지만, 주어진 환경에 조금 더 행복할 줄 안다.

저녁 무렵, 사냥꾼 열여섯 명은 베슬 마리호로 돌아가는 요트를 지켜보았다. 그러고는 석양 아래 앉아서 자기들이 무슨 일에 뛰어든 것인지 생각했다. 별채 오두막에서 밸프레드의 코 고는 소리가 규칙적으로 들려왔다. 백작은 부엌에서 달그락거리며 그릇을 정리하고 있었다.

혼자 면도를 하지 않은 매스 매슨은 생각에 잠긴 얼굴로 턱수염을 예쁘게 두 갈래로 갈랐다.

"숙녀의 부탁을 거절할 수는 없잖아, 안 그래?" 그가 속삭이듯 말했다. "큰 짐승을 한번 잡아보겠다고 여기까지 온 사람도 처음이고," 매스 매슨은 친구들을 향해 눈을 끔쩍였다. 그러나 모두 반응이 없었다. "하루에 30

크로네면 괜찮은 벌이야." 그가 한마디 덧붙였다.

중위는 요트에서 눈을 떼지 않았다.

"……아까 그 숙녀는 걸어 다니는 뼈다귀 같았어. 그 여자를 보니까 군대에서 처음 만난 대령 생각이 났어." 그가 혼잣말하듯 천천히 중얼거렸다. "키가 크고 몹시 마른 남자였는데, 늘 말을 타고 다녔지."

대구하는 사람은 없었다. 누구도 중위가 말한 대위에게 관심이 없었기 때문이다.

"한번은 대령이 우리한테 프레데리시아에서 하늘 산까지 걸으라고 했어. 60킬로미터도 넘는 거리였지. 그는 말을 타고 갔고, 우린 대령 뒤를 따라 속보로 행군했어. 모두 120명이었고, 총과 배낭을 어깨에 메고 있었지." 중위는 추억에 잠겨 눈을 깜박였다. "배낭에는 25킬로그램의 모래가 들어 있었어." 그가 눈을 감고 말을 이었다. "처음에는 그 악마 같은 대령이 안장 위에서 웃는 게 보였어. 그런데 걷다가 보니까 눈이 캄캄해지면서 결국에는 아무것도 보이지 않더군. 총과 무게가 25킬로그램이나 되는 배낭을 메고 행군하는데, 처음에는 별의별 생각이 다 났어. 특히 대령을 골탕 먹일 온갖 방법이 떠올랐지. 그런데 나중에는 아무 생각도 안 났어. 발에는 여기저기 물집이 잡혔다가 터졌고, 우린 그저 진창을 걸고, 또 걸었어."

사냥꾼들은 여전히 말이 없었다. 그중 몇몇은 내일 일어날 일을 상상하느라 바빴다.

"그런데 아까 그 숙녀는 정말로 대령을 닮았어." 중위가 말했다. "등짐을 25킬로그램이나 지고 프레데리시아에서 하늘 산까지 걷게 하더니, 도착한 다음 날 아침에 바로 복귀 명령을 내린 대령이랑 똑같아."

매스 매슨은 신경질적으로 웃으며 중위의 말을 가로막았다.

"어이, 한센, 그만해. 너무 비관적으로 생각하는 거 아니야? 그렇게 미리 걱정할 필요가 뭐가 있지? 혹시 모르잖아, 텐트 하나랑 세면도구 몇 가지만 가져왔을지? 진짜 스코틀랜드산 위스키와 진을 가져왔을지도 모르고. 영국 숙녀들은 술을 꽤 잘 마신대." 매스 매슨은 자리를 털고 일어나 창문 안으로 고개를 들이밀었다. "백작, 수고 좀 해줄 수 있어? 먹을 걸 좀 해줘. 그럼 내가 술을 내놓을게. 1년에 배가 두 번이나 왔으니까 축하를 해야지."

사냥꾼들은 날이 새기 직전까지 파티를 벌였다. 그리고 다음 날 아침, 사냥을 하러 온 사람들이 배에서 내릴 때까지 숙면했다.

올슨 선장은 사냥꾼들을 깨우느라 적지 않은 시간을

보냈다. 헤르타 반 리튼은 눈앞에 벌어진 광경을 보고도 놀라지 않았다. 세계 각지를 돌며 수많은 원주민을 봐온 결과, 원주민들은 대부분 술주정뱅이에 불성실하고 게을렀다. 희멀건 얼굴로 비틀거리며 집 앞 벤치에 주저앉는 사냥꾼들을 보자 그 생각에 확신이 들었다.

헤르타 반 리튼은 싸늘한 눈으로 원주민들을 노려보며 둥글게 만 종이를 끈 달린 장화에 대고 톡톡 두드렸다. 두루마리 종이는 배에서 정성껏 작성한 짐꾼 명단이었다.

올슨 선장은 사냥꾼들이 회사의 명예를 실추시키고 경건한 국기를 욕보인다며 욕설을 퍼부었다. 그런데 이두 가지는 모두 올슨과는 거리가 먼 개념이었다. 그는 노르웨이 사람이었고, 헤르타 반 리튼에게 여행할 배를 제공한 것도 자신의 이익을 위해서였다. 그런데도 올슨은 기분이 몹시 나빴다. 사냥꾼들에게 지급할 임금이 매일 자기 호주머니에서 빠져나갈 것이기 때문이다. 그러니 한시라도 빨리 사향소를 잡아 경비를 최대한 줄여야 했다.

이런 올슨의 마음과는 반대로, 사냥꾼들은 길을 나서기 전에 모닝커피를 마셔야 한다고 주장했다. 이에 백작은 큼지막한 파란색 법랑 포트에 수차례에 걸쳐 커피를 실어 날랐다. 사냥꾼들은 오전 내내 빗물받이 홈처럼 커피를 들이마시며, 걱정스러운 눈으로 선원 둘이 보트에 실어 온 화물을 힐끔거렸다. 모닝커피를 다 마시고 난 다음에는, 비요르켄이 곧 점심시간이라며 떠나기 전에 든든히 밥을 먹고 가야 한다고 고집을 부렸다.

"굳이 지금 출발할 이유가 없어. 30분 만에 걸음을 멈추고 밥을 해 먹어야 할 테니까."

백작은 안톤과 헤르베르트의 도움을 받아 갈매기 수프와 곰 안심구이, 럼주를 넣은 푸딩을 만들었다. 점심 식사가 끝난 다음에는 또다시 커피를 마시고, 시가까지 피우겠다고 주장했다.

결국, 초저녁이 다 되어서야 정찰대가 먼저 길을 나섰다. 매스 매슨과 피오르두르가 언덕 능선을 따라 골짜기 안으로 사라졌다. 이들의 임무는 그 일대를 뒤져서 사향소의 흔적을 찾아내고, 소 떼가 발견되면 원정대에 신호를 보내는 것이었다. 두 사람은 레이디 헤르타가 빌려준 야전 쌍안경과 총 한 자루, 담배 파이프 외에는 다른 짐이 없었다. 그들은 가벼운 걸음으로 메마른 히스밭 사이를 빠른 속도로 가로질렀다.

"조심해, 한 마리도 놓치면 안 되니까." 매스 매슨이 말했다.

피오르두르는 고개를 끄덕이고 골짜기 안으로 시선을 던졌다.

"사향소가 여기 많아?" 그가 물었다.

"응, 아주 많아." 매스 매슨이 대답했다. "몇 년 전에는 이 골짜기에서만 소 떼를 열네 번이나 봤어."

"쳇, 숙녀에겐 초고속 사냥이 되겠군." 피오르두르가 고개를 흔들었다. "저런 사람들은 돈이 남아돌아. 맑은 공기가 남아도는 우리처럼. 고작 사향소 한 마리를 잡겠다고 배랑 선원을 통째로 빌렸잖아. 사냥꾼도 열여섯 명이나 고용했고."

"그래도 숙녀는 돈을 낸 만큼 보상을 받아야겠지?" 매스 매슨이 말했다. "그래서 말인데, 우리 둘이서 숙녀를 위해 뭔가를 해볼까 해. 오늘 당장 소고기로 배를 채우면 너무 허무하잖아. 이번 사냥이 영원히 간직될 좋은 추억이 되면 더 좋고. 안 그래?"

"어떻게?"

"아까 내가 그랬지?" 매스 매슨이 말을 이었다. "소를 한 마리도 놓치면 안 된다고. 그 말은 우리가 소떼를 죄다 내쫓아야 한다는 소리였어. 송아지 한 마리도 놓쳐서는 안 돼. 그게 숙녀를 즐겁게 해주는 길이니까. 무슨 말인지 알겠어? 우선은 며칠간 걷게 할 거야. 그러다가

절망적인 순간에 숙녀가 흡족해할 만큼 멋진 선물을 보내는 거지. 아마 늙은 황소 한 마리면 될걸. 어때, 내 생각이?"

"좋은 생각이야." 피오르두르가 잠시 생각을 한 다음 매스 매슨의 의견에 동의했다. "친구들한테 조금 미안하고, 숙녀도 비싼 값을 치르겠지만, 그러면 확실히 잊지 못할 사냥이 될 것 같아."

두 정찰병은 계속해서 골짜기를 타고 올라갔다. 좌우를 살피고, 산허리를 둘러보며 길을 걷다가, 소 떼를 발견할 때마다 멀찌감치 자연의 품으로 내쫓았다. 저녁 무렵에는 골짜기의 절반에 가까운 지역에서 사향소 무리가 완전히 자취를 감추었다. 정찰병들은 열심히 일한 대가로 맛좋은 식사를 만들어 먹기 위해 적당한 장소를 물색했다.

원정대는 장엄한 광경을 연출했다. 레이디 헤르타가 앞장서서 걸었다. 그녀는 주머니가 주렁주렁 달린 초록색 사냥복에, 바닥이 두꺼운 끈 달린 갈색 장화를 신었고, 천 소재의 커다란 모자를 쓰고 있었다. 그녀가 걸음을 옮길 때마다 야윈 가슴팍에서 쌍안경이 흔들렸다. 뼈만 앙상한 골반 한쪽에서는 수통이 덜렁댔다. 반대편에는 지도가 꽂힌 주머니가 있었고, 위험해 보이는 기다란 사냥칼이 뾰족한 엉덩이를 찌를 듯 아슬아슬하게 흔들렸다.

올슨이 헤르타의 뒤를 따랐다. 그는 고무장화를 신고 반짝이는 회사 로고가 찍힌 항해용 모자를 쓰고 있었다. 그리고 더워 보이는 검은색 모직 제복을 입고 폭포처럼 땀을 흘리며 신음했다.

안톤은 전위대에 속했다. 어학 능력 덕분에 개인 시동으로 발탁된 것이다. 안톤 뒤로 짐꾼들이 따라갔다.

레이디 헤르타의 사파리 장비는 표준화된 규격으로, 검소한 수준이었다. 지붕과 베란다가 딸린 취침용 텐트, 접이식 욕조와 샤워 시설이 갖춰진 목욕용 텐트, 화학적 시스템을 갖춘 화장실, 주방용 텐트, 열여덟 벌의 식기와 수저 세트, 테이블 세 개, 야전침대 하나, 접이 의자 셋, 14일간 먹을 음식, 진 여섯 병이 든 상자, 루이 로에데르 샴페인 열두 병이 든 상자, 거기다가 나그네쥐부터 곰에 이르기까지 반경 100킬로미터의 사냥감을 모조리 살육할 수 있는 총, 탄약, 끝이 굽은 사냥칼 네 개, 외다리 사냥 의자, 올가미 하나, 사냥감을 몰 때 사용할 크레셀*

---

* 따르륵 소리를 내는 기구.

여덟 개가 사냥 도구로 꾸려졌다.

짐꾼들의 어깨 위에는 까무러칠 정도로 많은 양의 짐이 올려졌다. 끙끙대는 사냥꾼들을 보고 올슨은 마음 속으로 쾌재를 불렀지만, 겉으로는 염려스러운 듯 양손을 비비며 대열 앞으로 뛰어가 이 사람 저 사람에게 편안한지, 짐이 너무 무겁지는 않은지, 밧줄이 너무 조이지는 않은지 물었다.

비요르켄은 비틀거리며 욕을 했고, 뭣도 모르고 갤리선에 탄 자신을 저주했다.

"염병할 소들은 도대체 다들 어딜 간 거야?" 그가 신음했다. "빨리 나오라고 해! 빌어먹을 욕조에 깔려 죽을 지경이니까."

"조금만 기다려봐." 낮짝은 투정을 부리는 비요르켄을 위로했다. "소가 금방 나타날 테니까. 너도 알다시피 요즘은 소가 많잖아. 조만간 매스 매슨하고 피오르두르가 소 떼를 우리 쪽으로 몰아줄 거야."

그런데 몇 시간이 지나도 개미 새끼 한 마리 나타나지 않았다. 올슨 선장은 불안해지기 시작했다. 짐꾼 한 명당 매일 줘야 할 15크로네가 생각난 것이다. 그는 헤르베르트를 붙잡고 아직 소가 보이지 않는 게 이상하다며 꼬치꼬치 캐물었다.

"이상하지 않으냐고?" 헤르베르트가 눈가의 땀을 닦으며 올슨을 향해 고개를 돌렸다. "글쎄, 난 별로 안 이상해. 나라면 매스 매슨을 정찰병으로 보내지는 않았을 테니까. 난 그게 오히려 더 이상해. 무슨 소린지 알겠어?"

올슨이 이마를 쳤다. 그 바람에 모자가 뒤로 젖혀졌다.

"아뿔싸," 그가 중얼거렸다. "네 말이 맞아. 내가 멍청했어!"

"그렇게까지 말하니까 아니라고는 안 할게." 헤르베르트가 올슨의 말에 동의했다.

첫 번째 밤을 보낼 야영지가 세워졌다. 톰슨으로부터 11킬로미터 떨어진 자고새 호수 근처였다. 그린란드 원주민들은 지쳐서 온몸이 마비될 지경이었다. 그런데도 레이디 헤르타는 숨을 헐떡이는 원주민들에게 텐트를 치고, 야영장에 불을 지피고, 호숫물을 덥혀서 욕조에 받으라고 명령했다. 지친 짐꾼들을 보고 다시 기분이 좋아진 올슨 선장은 등의 통증을 줄일 방법을 알려주겠다며 괜스레 이리저리 뛰어다녔다. 그러면서도 서로 동의한 계약임을 상기시키고, 잠이나 자면서 30크로네를 벌 생각이었다면 일찌감치 생각을 고쳐먹는 게 좋다고 으름장을 놓았다.

백작은 주방 텐트에서 최선을 다해 고기를 노릇노릇하게 구웠다. 전채 요리는 레몬과 마요네즈를 올린 통조림 새우와 말린 채소로 끓인 수프였다. 주식은 미리 양념한 고기에 다진 자작나무 잎을 넣어 향을 더한 쇠고기였고, 후식은 백악수에 담가 고든스 진*을 뿌린 파인애플이었다. 식사 준비가 끝나자 올슨 선장이 레이디 헤르타와 함께 식탁에 앉았다. 올슨은 숙녀를 향해 샴페인 잔을 들어 올리며 멋진 사냥을 기원했다.

짐꾼들은 모닥불 주변에 누워서 텐트를 관찰했다. 텐트 밖으로 올슨과 숙녀의 그림자가 또렷이 비추며 자바섬의 그림자 연극을 연상시켰다. 백작은 뚱보 선장과 뼈만 남은 레이디 옆에서 부지런히 몸을 움직여 음식을 접시에 덜고, 잔을 채웠다.

"저 안에서 뭐라고들 하는 거야?" 비요르켄이 작은 목소리로 안톤에게 물었다.

안톤이 잠시 귀를 기울였다.

"여자가 사냥 얘기를 하는데요. 저 아래 더운 나라에서 호랑이를 잡았대요." 안톤은 더 잘 듣기 위해 한 손

---

* 영국의 고든사에서 만든 진으로, 고풍스러운 맛으로 유명하다.

을 귀 뒤로 가져갔다. 라스릴이 입을 열려고 하자, 모두가 '쉿' 하고 손가락을 입에 댔다. "여자가 그러는데, 호랑이를 사냥할 때는 언제나 탄약을 하나만 가져간대요." 안톤이 말했다.

"빌어먹을," 낯짝이 속삭였다. "구두쇠였어?"

"쉿!" 안톤이 다시 귀를 기울였다. "호랑이를 잡을 때는 한 방에 잡아야 한대. 첫 발을 놓치면 두 번 다시 기회가 없대요."

"뭐야? 그런 소리가 어디 있어?" 낯짝이 이의를 제기했다. "호랑이가 두 마리일 수도 있잖아. 다 큰 자식을 거느린 암컷일 수도 있고. 안 그래? 우라질 여편네가. 저여자 머리가 좀 이상한 거 아니야?"

"쯧쯧, 여인네들이란!" 비요르켄이 오후 내내 접이식 욕조에 짓눌려 아픈 어깨를 주무르며 툴툴댔다. "저런 여자들한테 장전된 총을 들려서는 절대로 안 돼. 망상에 빠져서 허튼짓을 벌이니까. 말 그대로 재앙이 따로 없지. 안톤, 또 뭐라고 하는지 들어봐."

"원주민을 먹었다는데요? 잠깐만요, 얘길 좀 더 들어볼게요."

헤르베르트가 농담을 했다.

"숙녀분께서 식인종도 만났나 보네. 믿어줘야겠지?

하하, 거기서는 굉장히 안전했을 거야. 뼈다귀밖에 없으니까. 먹잇감이 저런 여자밖에 없으면 식인종도 아마 채식주의자가 됐을걸."

"쉿, 원주민을 잡아먹은 건 호랑이래요." 안톤이 말했다. "그래서 저 여자가 호랑이를 죽였대요. 호랑이가 나무 위에서 뛰어내릴 때 딱 한 발을 쏴서 잡았대요."

"저런, 호랑이가 운이 없었네." 헤르베르트가 투덜댔다. 그는 끙끙대며 초원 위에 드러누웠다. 내일도 무거운 짐을 지고 걸을 생각을 하니 끔찍한 기분이 들었다.

매스 매슨과 피오르두르는 계곡 상류에서 쉬면서 자고새 두 마리를 잡아 모닥불에 구워 먹었다. 식사를 마치자 졸음이 밀려왔다. 매스 매슨은 비몽사몽 중에도 머리가 터질 정도로 계산을 했다. 사냥꾼은 모두 열여섯 명이고, 올슨이 하루 한 사람당 지급해야 할 금액은 15크로네였다. 10 곱하기 16은 160. 매스 매슨은 피오르두르를 깨워서 방금 산출된 값을 외우라고 지시했다. 15크로네에서 10은 셈이 끝났으니까, 이제 남은 5크로네에 16을 곱해야 했다. 열심히 손가락을 사용해 계산한 결과 50과 30이라는 값이 산출되었다. 50에 30을 더하자 80이 되었고, 피오르두르가 외고 있던 160에 80을 더하자 240이라는 숫자가 나왔다. 올슨이 사냥꾼들에게 하루 일한 값으로 지급해야 할 금액이었다. 그 순간, 매스 매슨은 올슨이 가엾게 느껴졌다. 그러나 매스 매슨이 엠마의 뱃삯으로 지급한 모피는 600크로네 상당의 가치가 있었다. 그는 마침내 계산을 끝내고, 사냥 일수를 확정했다.

"숙녀는 사흘간 사냥을 할 거야." 매스 매슨이 딱 잘라 말했다.

"왜 사흘이야?" 피오르두르가 물었다.

"모두를 위해 그게 제일 좋으니까." 매스 매슨이 대답했다. 그는 벗은 윗도리를 둘둘 말아 머리 아래로 밀어 넣었다. 그리고 빨간색 수염 밑에 흡족한 미소를 감춘 채 잠이 들었다.

하루가 가고, 또 하루가 지나갔다. 첫째 날과 둘째 날이 지나고 3일째가 되자, 사냥꾼들은 거의 쓰러지기 일보 직전이었다. 모두가 레이디 헤르타의 집 아래서 땀을 줄줄 흘리며 갈지자로 걸었다. 침을 뱉을 때마다 욕설도 같이 나왔다. 올슨 선장도 지치기는 매한가지였다. 평소에 배의 좌현과 우현만 왔다 갔다 하던 다리로 산을 오르다 보니, 발에 종기가 나고 고름이 찼다. 나중에는 종기가 터지며 지독한 악취를 풍겼다. 그런데도 올슨은 레이디 헤르타 앞에서 고무장화를 절대 벗지 않았다. 올슨은 이외에도 사냥꾼들에게 지급해야 할 15크로네가 생각나서 밤낮으로 괴로웠다.

비요르켄의 상태는 처참했다. 뼈만 남은 길쭉한 몸이 욕조와 부속품 무게에 짓눌려 45도 각도로 접히고, 땀이 코끝을 타고 줄기차게 땅에 떨어졌다.

"저 미친 여자가 오늘도 소를 잡지 못하면, 오늘 밤 난 도망칠 거야." 비요르켄이 쉰 목소리로 중위에게 투덜거렸다.

"명예가 걸린 문제만 아니었다면, 나도 벌써 그랬을 거야." 중위가 붉게 낀 안개를 사이에 두고 비요르켄을 바라보았다.

"차라리 명예를 내다 버려. 그게 나아." 비요르켄이 끙끙거리며 말했다.

"내가 그랬잖아. 저 여자는 옛날에 내가 알던 대령이랑 똑같은 종자라고." 한센 중위의 등도 주방 텐트와 집기의 무게를 견디지 못하고 심하게 구부러졌다. "찔러도 피 한 방울 안 나올 냉혈한이야……."

중위의 몸이 갑자기 뻣뻣하게 굳었다. 그가 비요르켄의 팔을 움켜잡고 소리쳤다. "저길 좀 봐!"

비요르켄은 허리를 펴고 고개를 들었다.

"소다!" 그는 믿을 수 없다는 듯 작은 골짜기를 바

라보았다. "하느님 맙소사! 한센, 소야! 진짜 살아 있는 소라고!" 비요르켄이 기쁨을 감추지 못하고 고래고래 고함을 쳤다. "소다! 소가 나타났다!"

레이디 헤르타가 소를 보고 오른손을 들자, 올슨이 정지 명령을 내렸다. 짐꾼들은 옳거니 하면서 곧바로 명령에 복종했다.

사향소는 연못가에서 풀을 뜯고 있었다. 늙어서 다리가 뻣뻣하고 뿔이 닳은, 회색 황소였다. 레이디 헤르타가 쌍안경으로 사냥감을 관찰한 뒤 만족스러운 듯 고개를 끄덕였다.

"A beautiful beast(멋진 짐승이야)."

그녀가 옆에 있던 안톤에게 속삭였다. "스프링필드 총과 강철 총알을 가져와요. 큰 사냥감용으로요."

올슨에게는 다음과 같은 명이 떨어졌다.

"녀석이 도망가면 안 되니까, 남자 둘에게 크레셀을 주고 짐승 뒤로 가라고 하세요. 내가 준비될 때까지 다들 아무 소리도 내서는 안 돼요."

안톤은 비요르켄과 낯짝에게 숙녀가 한 말을 전달했고, 올슨 선장은 나머지 원정대원들에게 초원 속에 조용히 엎드려 있으라고 지시했다.

레이디 헤르타는 노리쇠에 탄약을 채우고 잠금장치

를 푼 다음, 무릎으로 기어 황소를 향해 다가갔다. 적에게서 30미터 정도 떨어진 지점에 이르자 그녀가 몰이꾼들에게 시작하라고 명령을 내렸다. 이에 비요르켄과 낮짝은 황소 뒤에서 크레셀을 흔들며 개처럼 짖어댔다. 그런데 무슨 영문인지 황소는 꿈쩍도 하지 않았다. 바닥을 쓸고 다니는 기다란 흰색 털을 보아하니, 너무 늙어서 귀가 먹고 눈도 잘 안 보이는 듯 했다. 늙은 황소는 고개를 돌리고 나무라는 표정으로 잠시 몰이꾼들을 흘겨보았지만, 이내 아무 일도 없었다는 듯 평화롭게 다시 풀을 뜯었다.

"젠장, 어서 쏴요!" 올슨 선장이 이성을 잃고 소리쳤다. 그는 레이디 헤르타가 총을 쏘기도 전에 황소가 인내심을 잃고 달아나는 장면을 상상했다. 그러자 또다시 고통스러운 날들을 보내게 될까 봐 겁이 났다.

"선장, 이건 사냥이지 살해가 아니에요!" 레이디 헤르타가 황소에게서 눈을 떼지 않은 채 차갑게 쏘아붙였다.

낮짝과 비요르켄, 황소 사이의 거리가 좁혀졌다. 비요르켄은 황소의 옆구리를 토닥이며 용기를 북돋웠다. "친구, 뭐라도 좀 해봐. 저 여자가 총을 쏠 수 있게 조금만 움직이라고. 그래야 우리가 톰슨곶으로 돌아갈 수

있어."

　비요르켄의 말에도 소는 꿈쩍하지 않았다. 낮짝은 레이디 헤르타의 눈에 띄지 않게, 기다란 털로 뒤덮인 소꼬리를 꼬집었다. 돼지를 움직이는 방법이었다. 비요르켄도 합세해 황소를 힘껏 떠밀었다. 그런데도 황소는 한 발자국도 움직이지 않았다. 다만 옆에서 알짱대는 사냥꾼들을 물리치려고 어설픈 뒷발질만 몇 차례 했다. 소의 발차기에 애꿎은 비요르켄과 낮짝만 몇 미터 밖으로 내동댕이쳐졌다. 그 바람에 낮짝은 안경을 잃어버렸고, 비요르켄은 낮짝을 도와 안경을 찾아야 했다.

　소는 다시 여유롭게 풀을 뜯었다. 그러면서 이따금 땅을 비집고 나온 길쭉한 막대기를 호기심 어린 눈으로 바라보았다. 잠시 후, 소가 궁금증을 떨쳐내지 못하고 막대기를 향해 다가섰다. 먹을 게 있는지 알아보기 위해서였다. 순간, 막대기가 불을 뿜었다. 레이디 헤르타는 경험을 통해 터득한 대로, 쏴야 할 부분을 쐈다. 소는 놀라 걸음을 멈추고 연기를 내뿜는 막대기를 뚫어지게 쳐다보았다. 다리에 힘이 조금 빠진 듯했다. 곧이어 녀석이 머리를 흔들더니 화를 내며 울부짖었다. 소의 이마에 부딪혀 납작해진 총알이 바닥에 떨어졌다.

　레이디 헤르타는 소의 다리에 힘이 빠지고, 녀석이 초

원에 쓰러져 뻣뻣해지는 순간을 기다렸다. 그런데 황소는 눈만 껌벅일 뿐 쓰러질 생각이 없어 보였다. 녀석도 총을 맞은 충격으로 사물이 두 개로 보이고, 머리가 깨질 듯 아프기는 했다. 그래서 막대기에 대고 한 차례 성질을 부렸다. 그러고는 레이디 헤르타에게 등을 돌리고 비틀비틀 걸음을 옮겼다.

"뒤에서 쏴요!" 올슨 선장이 소리쳤다. "빌어먹을, 어서 잡으라니까! 그래야 다들 돌아갈 수 있어요!"

레이디 헤르타는 대꾸 없이 뾰족한 엉덩이를 발목에 대고 앉아 눈을 감았다. 잠시 후, 그녀는 총을 내려놓고 허리춤의 주머니에서 담배를 꺼냈다.

"페어플레이!" 그녀가 중얼거렸다. 바다표범 사냥꾼들에게는 이해하기 힘든 말이었다. 그녀는 일어섰고, 고무장화를 신은 채 낼 수 있는 최대한의 속도로 자신에게 달려오는 올슨에게 말했다. "선장, 돌아갑시다."

"아직 늦지 않았어요. 지금이라도 죽일 수 있어요." 선장이 반대 의견을 내놓았다.

"내 말대로 하세요." 레이디 헤르타가 일어서며 거듭 말했다. "우린 돌아갈 겁니다. 총알은 적중했고, 이것으로 난 원하던 바를 이뤘어요."

패잔병 무리는 다리를 질질 끌며 톰슨곳으로 돌아갔

다. 예복을 멋지게 차려입고 사냥을 나섰던 이들은 며칠 만에 행색이 초라해졌다. 사냥꾼들은 레이디 헤르타의 짐 아래서 묘한 기분에 휩싸였다. 헤르베르트는 교훈적인 사냥이었다고 생각했다. 레이디 헤르타의 사냥 방식이 상당히 멋있게 느껴졌다.

"거의 귀족적이야." 로이비크가 작은 소리로 말했다. "저 여자한테는 범접할 수 없는 뭔가가 있어. 진짜 숙녀 같아. 여태 숙녀가 어떤 건지 몰랐는데 이제야 알겠어."

"꼭 다른 세상에서 온 사람 같아요. 안 그래요, 비요르켄?" 라스릴이 말했다.

비요르켄은 으르렁거렸다. 욕조를 옭아맨 밧줄이 그의 어깨를 파고들고 있었다.

"다른 세상이라고? 맞아. 그럴 거야. 그런데 저 여자는 그 세상에 남았어야 했어. 이런 촌구석까지 오지 말았어야 했어. 선량한 사람들을 꾀어내 부엌과 욕실 딸린 방을 다섯 개나 짊어지게 하지 말았어야 한다고."

"그래도 정확히 맞혀야 할 곳을 맞혔어. 사향소에 관해 아는 게 하나도 없는데도 말이야. 괜히 까탈을 부리면서 신경질을 내는 여자는 아닌 것 같아. 적어도 그건 인정해야 해."

"좋은 사냥꾼이 될지도 몰라요." 라스릴이 말했다.

"큰일 날 소리! 저렇게 도덕적으로 원리 원칙이나 지키다가는 굶어 죽어." 비요르켄이 딱 잘라 말했다.

시워츠가 주머니에서 커프스를 꺼내 이마를 닦았다.

"난 저 여자가 소뿔을 못 가져가서 좀 안됐어. 우리가 괜히 골탕을 먹인 것 같기도 하고."

이런 생각은 시워츠만 하는 게 아니었다. 야전침대와 탁자 하나, 의자 몇 개를 짊어지고 비틀거리던 로이비크가 다음과 같이 말했기 때문이다.

"맞아. 가만히 있지 말고 뭔가 해야 할 것 같아. 톰슨 곳에 도착하기 전에 피오르드두르와 매스 매슨에게 소식을 전하자."

밸프레드는 이틀 동안 싫증날 정도로 잠을 실컷 잤다. 이따금 잠에서 깨어나 식어 빠진 고기를 목구멍에 넘기고 술을 병째 들이켜는 것 외에는 꿋꿋하게 이불 속을 지켰다. 사흘째 되던 날에는 오두막에서 기어 나와, 그동안 뱃속에 차곡차곡 쌓여 대장까지 내려간 것들을 개운하게 비워냈다. 그러고 나서야 충분히 쉬었다는 느낌이 들었다. 밸프레드는 박공판 앞에 앉아서 햇볕을 쬐며 그리운 옛날을 회상했다. 추억에 얼마나 깊이 잠겼는지, 원정대 대장이 돌아오는 소리도 듣지 못했다.

레이디 헤르타는 피곤함에 전 원정대원들보다 30여

분 먼저 집에 도착했다. 그녀는 졸고 있는 밸프레드를 발견하고 한참을 관찰했다. 마침내 진정으로 가치를 찾은 것 같았다. 그린란드에서 드디어 순수한 원주민을 만난 것이다. 사향소 뿔 대신 가져가도 손색이 없을 정도였다. 레이디 헤르타 반 리튼은 밸프레드의 모습을 관찰 일지에 세세히 기록했다. 기름으로 얼룩진 아노락, 덥수룩한 수염, 가지런하고 건강한 치열…… 밸프레드는 입을 벌리고 자는 습관이 있었는데, 덕분에 그의 인공치아가 그녀의 눈에 띄었다. 레이디 헤르타는 밸프레드의 피폐한 얼굴과 보라색 전등처럼 반짝이는 큼지막한 코를 살펴보았다. 그때였다. 밸프레드가 갑자기 눈을 떴다. 레이디 헤르타는 빙하처럼 파란 원주민의 눈매에 매료되었다. 원주민이 발산하는 냄새에는 콧구멍이 파르르 떨려오기까지 했다. 생전 처음 맡는 냄새였다. 원주민도 그녀를 따라 콧구멍을 벌름거렸다. 레이디 헤르타는 흡족한 마음으로 관찰 일지의 마지막에 다음과 같이 기록했다.

"내가 코를 벌름거리자, 순진한 원주민은 나를 따라 콧구멍을 벌름거렸다."

레이디 헤르타는 밸프레드로부터 뜻밖의 유쾌한 선물을 받은 것이었다. 반면, 밸프레드는 그녀를 보고 큰 실망감을 느꼈다. 빨래판처럼 납작한 몸매, 남자 같은 옷차림, 순록 만 바위에 들러붙은 굴처럼 차가운 이미지, 꼭 다문 입술…… 이런 뼈다귀를 비요르켄이 왜 숙녀라고 했는지 도무지 납득이 가지 않았다. 비요르켄은 숙녀가 어떻게 생겼는지 전혀 모르는 바보였다. 밸프레드는 코를 킁킁거리며 깊이 숨을 들이마셨다. 여자의 몸에서는 양배추 냄새도 전혀 나지 않았다. 밸프레드는 그 즉시 자리를 털고 일어나 도자기로 만든 인공치아 사이로 씹는담배 즙을 '�웩' 하고 내뱉었다. 그리고 레이디 헤르타 앞을 지나 은신처로 되돌아갔다.

그 사이, 매스 매슨과 피오르두르는 늙은 소의 머리를 들고 원정 대열에 합류했다. 톰슨곳에 도착하자마자 그들은 레이디 헤르타의 끈 달린 장화 앞에 소머리를 내려놓았다. 안톤이 모두를 대신해 설명을 시작했다.

"산 위에서 사냥을 지켜봤는데, 소가 도망가서 따라갔대요."

레이디 헤르타는 고개를 끄덕이고 닳아빠진 뿔을 내려다보았다. 안톤이 말을 이었다.

"하루 반나절을 쫓아 댕기물떼새 강으로 갔는데, 소가 거기서 쓰러지더니 죽었대요."

레이디 헤르타는 손가락으로 황소의 머리를 가리켰

다. 그리고 올슨 선장을 향해 다음과 같이 말했다.

"선장, 내가 그랬지요? 제대로만 맞히면 한 발로 충분하다니까요."

"흠." 올슨이 언짢은 기색을 내비쳤다. 매스 매슨이 친구들에게 녀석은 늙어서 죽었을 뿐이라고 말해서였다.

"이제 배로 돌아가는 게 좋겠어요." 올슨 선장은 휘파람을 불어 요트를 부르며 말했다.

"올슨, 결제할 게 있지? 잊지 마!" 매스 매슨이 소리쳤다. "생각보다 오래 걸리긴 했지만, 나도 어쩔 수 없었어. 소들이 피오르두르하고 나를 보자마자 죄다 산으로 도망을 쳤거든. 꼭 마법에 걸린 것 같았다니까."

올슨은 험악한 눈으로 매스 매슨을 노려보며 지갑을 꺼냈다. 생애 가장 힘겨운 순간이었다.

사냥꾼들은 일렬종대로 해변에 서서 베슬 마리호를 향해 멀어지는 요트에 대고 손을 흔들었다. 레이디 헤르타는 사향소 머리를 무릎 위에 올려놓고 뱃머리에 앉아 있었다. 구겨진 예복 차림의 원주민들은 깡마른 숙녀에게도 손을 흔들며 무탈한 여행이 되기를 기원했다.

"하하, 올슨은 이제 두 번 다시 숙녀를 데려오지 않을 거야. 아무렴!" 매스 매슨은 웃음을 터뜨렸다.

비요르켄이 어깨를 문지르며 말했다.

"난 낮짝이랑 라스릴을 데리고 오늘 밤 바로 떠날 거야. 저 친구들이 빙하에 발이 묶이거나, 연안 가까이에서 조난될지도 모르니까. 상상해봐, 저 유령 같은 여자가 겨우내 여기서 사는 걸……."

빙하 한가운데에서 레이디 헤르타는 올슨 선장과 갑판 위로 올라갔다. 그녀의 입에는 기다란 퀼런용 파이프가 물려 있었다. 조타실의 낮은 천장 아래로, 푸르스름한 연기가 가늘게 소용돌이치며 흩어졌다.

"선장, 참 이상해요. 세계 어디를 가든 똑같은 사람들을 만나거든요. 내가 만난 부족들은 전부 유럽식 옷차림을 좋아했어요. 얼마나 우스꽝스럽게 보이는지 모르나 봐요. 우리가 라피아야자 잎으로 치마를 만들어 입었다고 생각해봐요. 웃기잖아요. 안 그래요?"

올슨은 눈을 감고 레이디 헤르타가 라피아야자로 치마를 만들어 입은 모습을 상상했다.

"맞아요, 정말 그러네요." 그가 대답했다.

레이디 헤르타가 담배 파이프를 흔들었다.

"한편으로는 뭔가 감동적이기도 해요. 원주민들이 왜 우리 흉내를 내겠어요? 그게 다 우리를 좋아해서잖아요, 안 그래요? 그래서 그들을 비난할 수가 없어요."

올슨은 새카만 수염 아래로 이해할 수 없는 말을 몇

마디 중얼거렸다. 그런 다음 키잡이에게 방향을 지시했다.

"한 가지 고백할 게 있어요." 레이디 헤르타가 말을 이었다. "지금까지 나는 세계 각지를 돌며 온갖 원주민을 만나봤어요. 그런데 이곳 원주민만큼 나를 놀라게 한 부족도 없었어요. 이유는 모르겠지만, 강한 동질감을 느꼈거든요."

레이디 헤르타는 닳아서 흔적만 남은 양탄자 위에 재를 털었다.

"이곳에서 만난 원주민들에게는 다른 부족과는 다른, 익숙한 무언가가 있어요. 아무리 생각해도 그게 뭔지 모르겠어요. 선장, 무슨 말인지 이해가 가나요?"

올슨은 그녀가 무슨 말을 하는지 하나도 이해되지 않았지만, 그렇다고 대답했다. 숙녀에게 고용된 처지였고, 치러야 할 계산도 남아 있었기 때문이다.

레이디 헤르타가 갑판 위를 서성였다.

"저 원주민들은 정말로 독특한 것 같아요. 혹시 그린란드의 다른 부족들도 다 이런가요?"

올슨은 주머니에 손을 깊이 찔러 넣고, 사냥꾼들에게 빼앗긴 엄청난 금액을 떠올렸다. 고통스러운 기억에 간신히 화를 참으며 그가 대답했다.

"아니요. 다른 부족들은 이렇지 않아요. 당신 말대로

이곳의 원주민들은 독특해요. 아마 그린란드 연안에서 제일 특이한 부족일 거예요."

쥐

—
쥐를 무서워하는 사냥꾼과 타르타
르 빙수

그해 여름, 베슬 마리호는 핌불에 배를 대야 했다. 톰
슨곶에 언 얼음이 조밀하고 균열도 없어서, 깨질 조짐이
보이지 않았기 때문이다.

그린란드 북동부의 사냥꾼들은 운 좋게도 거의 다
핌불에 모여 있었다. 밸프레드의 60번째 생일잔치를 치
르고 여운이 남아서였다. 비요르켄보르의 주민들은 생
일잔치 한 달 전부터 와서 맥주 양조를 도왔고, 백작은
정성껏 생일상을 차렸다. 바람의 오두막 사냥꾼들은 좁
은 길 피오르의 물이 빠지는 대로 집으로 돌아갈 생각

으로 핌불에 머무르고 있었다. 하우나의 주민도 핌불에 있었는데, 그는 썰매를 타고 왔지만 돌아갈 때는 보급선을 탈 계획이었다. 매스 매슨과 검은 머리 빌리암은 기지 뒤의 산 정상에서 베슬 마리호를 발견하고는, 배가 닻을 내릴 때쯤 스키를 타고 납작 섬을 지나 핌불에 도착했다.

사냥꾼들은 하역을 도우며 넓은 세상의 소식을 들었다. 얼음이 불안정해서 서둘러 보급품을 육지로 옮겨야 했기 때문이다. 모두가 합심해 열심히 일한 결과, 하역이 빠른 속도로 진행되었다. 올슨 선장은 북부 지역의 하역 작업이 끝나는 대로 남부 연안의 사냥꾼들을 싣고 비요르켄보르로 떠날 계획이었다.

밸프레드에게는 고된 시간이었다. 예순 살 생일잔치를 치른 지 얼마 되지도 않았는데 하역을 도와야 했기 때문이다. 그는 기력을 회복하려면 최소 몇 주는 쉬어야 했다. 그래서 밸프레드는 하역 첫날에 다락으로 숨어들었다. 둘째 날에는 별채 오두막에 숨었고, 셋째 날에는 친구들의 손에 이끌려 회계 업무를 보게 되었다. 그 일은 하역과는 달리 숨이 차지는 않았다. 밀가루 여덟 포대 위에 편안하게 누워서 짐배가 육지에 내리는 품목을 기록하기만 하면 됐다. 막중한 책임이 따르기는 했지만,

요트가 베슬 마리호로 돌아가 다시 짐을 싣고 오는 동안 잠을 잘 수도 있었다.

짐배가 베슬 마리호로 돌아간 사이, 밸프레드는 잠깐 졸기 위해 밀가루 포대 위에 드러누웠다. 그때 발이 달린 거무튀튀한 형체가 시야에 들어왔다. 작은 몸집의 그것은 밀가루 포대 끝에 앉아서 새카만 눈으로 밸프레드를 올려다보고 있었다.

서로 눈이 마주치자 밸프레드는 입을 떡 벌렸다. 얼마나 놀랐는지 구입한 지 2년도 안 된 틀니가 덜커덕하고 윗잇몸에서 떨어지는 것도 눈치채지 못했다. 온몸에 소름이 돋고 다리가 후들거렸다. 목뒤로 늘어진 머리카락 한 가닥이 청소용 솔처럼 쭈뼛 일어섰다.

"사람 살려! 쥐야, 쥐가 나타났어!"

밸프레드가 비명을 지르며 발을 동동 굴렀다. 쥐는 찍찍대며 성질을 부렸다. 커다란 앞니를 드러내며 한차례 인간을 비웃더니, 휙 하고 밀가루 포대 사이로 사라졌다.

별채 오두막에 보급품을 들여놓던 사냥꾼들은 밸프레드의 비명을 들었다. 비요르켄보르의 주민들과 백작, 중위를 비롯한 모든 친구들이 해변을 향해 달려갔다.

"밸프레드, 무슨 일이야?" 비요르켄이 소리쳤다. "악

몽을 꿨어? 곰이 나타난 거야?"

"밀가루 포대 사이에…… 쥐, 쥐가 있어! 새끼 여우만큼 커!" 밸프레드가 더듬더듬 대답했다.

"어디?" 낮짝이 근시인 눈으로 밀가루 포대 사이를 살폈다.

"밀가루 포대 사이로 들어갔어." 밸프레드가 속삭였다. 그는 친구들을 보자 안심이 되었다.

"쥐가 저기서 나를 노려봤어. 그러다가 갑자기 사라졌어. 염병할, 얼마나 무서웠는지 몰라. 난 쥐가 정말 싫어."

사냥꾼들은 밀가루 포대 주변을 건성으로 살폈다. 쥐에 대해선 사향소나 바다코끼리처럼 사냥할 마음이 일지 않았기 때문이다.

백작은 밀가루 포대 쪽으로 바짝 몸을 붙이며 관심을 보였다. 그는 다방면으로 아는 것이 많았다.

"흠, 흥미로운 현상이야." 그가 중얼거렸다. "시궁쥐 같은 설치류가 어떻게 여기에 있을 수 있지?"

"여기는 쥐가 없어. 베슬 마리호에서 내린 게 분명해." 헤르베르트가 확신했다.

"맞아, 나도 쥐를 본 적이 없어." 비요르켄이 신경질적으로 말했다. "역사적으로도 없었어."

"난 반대야. 비요르켄보르에는 절대로 쥐가 생겨서는

안 돼. 불결하니까. 나는 쥐도, 이도 키우고 싶지 않아."

잔뜩 흥분한 비요르켄이 고함을 쳤다.

"비요르켄, 누가 너보고 키우래? 그리고 여긴 핌불이야." 중위가 이의를 제기했다.

"그게 나랑 무슨 상관이야?" 비요르켄이 노발대발 했다. "다음번에는 비요르켄보르가 될 수도 있잖아. 안 그래? 쥐는 더러운 족속이야. 올슨은 쥐를 배에 붙잡아 뒀어야 해."

백작이 장화 코로 밀가루 포대를 툭툭 건드렸다.

"쥐가 베슬 마리호에서 온 게 확실하다면, 아마 라투스 노르베기쿠스* 종일 거야. 몸집이 크고, 털은 회갈색이고, 짧은 꼬리에 귀가 작은 녀석이지. 밸프레드, 네가 본 쥐가 이랬어?"

"응, 백작, 비슷해. 엄청나게 크고, 무시무시한 이빨을 가진 놈이었어."

백작이 고개를 끄덕였다.

"이게 내가 쥐에 관해 아는 전부야." 그가 말했다. "그래서 나는 쥐를 잡을 수 없어. 어떻게 잡으면 되는지

---

* 시궁쥐, 혹은 갈색쥐로 불리는 설치류의 한 종류.

모르거든."

백작은 뒷짐을 지고 생각에 잠겨 밀가루 포대 더미를 내려다보았다.

"그런데 쥐가 정말로 베슬 마리호 소속이라면, 우리한테는 쥐를 잡을 권리가 없어."

"백작 말이 맞아!" 로이비크가 동의했다. 그는 쥐가 무서웠다. "쥐가 배에서 내린 건 확실해. 그게 아니면 어디서 왔겠어? 자기들 쥐니까 얼른 와서 찾아가라고 해."

비요르켄이 소리쳤다.

"당장 올슨에게 가서 따지자. 이 자식이 도대체 배 관리를 어떻게 하는 거야? 저렇게 더러운 짐승 때문에 우리가 왜 이런 고역을 치러야 하냐고! 안 그래? 쥐가 있는데도 대책 없이 닻이나 내리고, 검역 절차도 없이 하역하다니, 무슨 일을 이따위로 하지?"

백작이 밀가루 포대를 하나씩 들어 올렸다.

"비요르켄, 네 말이 맞아." 그가 침착하게 말했다. "그런데 그 전에 먼저 쥐가 정말 있는지 확인해야 할 것 같아. 밸프레드가 꿈을 꾼 건지도 모르니까."

밸프레드가 고개를 저었다.

"백작, 아냐. 이번에는 정말로 안 잤어. 분명히 봤다니까! 진짜 살아 있는 쥐였어!"

백작의 지휘 아래, 사냥꾼들이 밀가루 포대를 한쪽으로 옮기기 시작했다. 네 번째 자루를 들어 올릴 때였다. 문제를 일으킨 장본인이 튀어나왔다. 쥐는 헤르베르트의 고무장화를 뛰어넘어, 중위의 가랑이 사이로 빠져나갔다. 그리고 집을 향해 쏜살같이 도망쳤다. 그린란드 북동부의 주민들은 놀라서 입을 쫙 벌리고 그 자리에서 망부석이 되었다.

잠시 후, 사냥꾼 셋으로 구성된 대표단이 올슨 선장 앞에 섰다. 비요르켄이 모두의 대변인 자격으로 적절한 비유를 들며 선장에게 책임을 물었다.

"염병할, 이런 똥 같은 경우가 어디 있지? 지금 당장 너의 그 더러운 가축을 회수해 가! 안 그러면 앞으로는 절대 비요르켄보르에 짐을 내리지 못할 거야. 모피를 가져가지도 못해. 우라질, 그때까지 우리는 손 하나 까딱하지 않을 거야. 알겠어?"

비요르켄이 분통을 터뜨리며 가슴을 크게 부풀리고 포커를 칠 때 사용하는 탁자를 주먹으로 내리쳤다.

올슨 선장은 도리를 지키는 사내였기에 사냥꾼들에게 먼저 사과를 했다. 그런 다음, 쥐는 살아서든 죽어서든 베슬 마리호로 돌아와야 한다면서 자기는 쥐도, 인간도 절대로 버리는 사람이 아니라고 강조했다. 문제의 짐승을 잡는 것도 당연히 선원들의 몫이므로, 더는 신경을 쓰지 말고 집으로 돌아가 있으라고 당부했고, 일이 잘 해결될 수 있도록 최선을 다해 노력하겠다는 약속도 잊지 않았다. 말을 마친 뒤에는 서인도제도에서 가져온 럼주 반병을 내놓으며 대표단을 진정시켰다.

비요르켄과 친구들은 선장의 그럴듯한 말에 귀가 솔깃했다. 럼주로 목을 축인 뒤에는 판단력이 살짝 흐려져서 기분 좋게 해변까지 노를 저어갔다.

올슨 선장은 한동안 생각에 잠겨서 문제를 어떻게 해결할지 방법을 고민했다. 성난 사냥꾼들의 비위를 맞추지 않으면 배에서 아직 내리지 못한 절반가량의 보급품을 도로 가져가야 할 판이었고, 모피는 꿈도 꿀 수 없었다. 선장은 생각 끝에 물자를 관리하는 선원을 불러 적당한 쥐를 한 마리 잡아오라고 지시했다. 집으로 달아난 쥐를 찾지 못했을 경우에도 빈손으로 돌아오지 않기 위해서였다.

선원은 귀리 가루와 비계를 섞어 미끼를 만들고 덫에 넣었다. 한 시간 정도 기다리자 쥐가 잡혔다. 베슬 마리호가 건조될 당시 승선했을 법한, 회색 콧수염을 가진 늙은 쥐였다.

"친구, 그럴듯한 견본이야." 올슨이 칭찬했다. "이제 놈을 좀 재워봐. 육지로 데려가게."

병참은 선내 약방에서 에테르를 가져다가 쥐를 마취시키고 상의 주머니에 기절한 녀석을 밀어 넣었다.

이윽고, 기관사와 요리사를 제외한 열세 명의 선원이 쥐 사냥에 나섰다. 선원들은 밀가루 포대 앞에 일렬종대로 서서 밸프레드의 증언에 귀를 기울였다. 사냥꾼들이 손가락으로 쥐가 도망친 곳을 가리키자, 선원들은 오두막으로 들어가서 수색에 착수했다. 사냥꾼들은 차마 집안으로 들어가지 못하고 밖을 지키고 서서 쥐를 찾는 선원들을 감시했다.

선원들은 열심히 작업에 임했다. 벽장, 서랍 안, 화덕, 별채 오두막, 다락까지 샅샅이 뒤졌다. 그런데도 쥐똥의 그림자조차 발견되지 않았다.

"쥐를 찾기 전에는 절대로 안 떠나." 올슨이 약속했다. "쥐는 우리 소속이니까 무슨 일이 있어도 데려갈 거야."

올슨은 물자를 관리하는 선원을 향해 은밀한 미소를 던졌다. 그가 속삭였다.

"화물창의 착한 쥐한테 이제 자유를 줘야겠지?"

선원은 씩 웃으며 주머니 안에 손을 넣고 쥐의 살갗을 꼬집었다. 그러자 기절했던 쥐가 파르르 몸을 떨었다.

"노인네가 움직이기 시작했어요." 그가 소곤거렸다.

"내놓을까요?"

선장의 허락이 떨어지자, 선원은 마지막으로 밸프레드의 침대 밑을 찾아본다며 쭈그리고 앉더니 주머니에서 쥐를 꺼내 침대 밑으로 깊숙이 밀어 넣었다. 그러고는 깜짝 놀라는 시늉을 하며 소리쳤다.

"헉, 저 밑에서 뭐가 찍찍대는데요? 불을 좀 줘보세요."

비요르켄이 쏜살같이 달려와 석유램프에 불을 붙였다. 선원은 침대 밑을 램프의 불빛에 비춰보았다.

"쥐가 저기 앉아 있어요." 그가 소리쳤다. "기다란 작대기를 주세요. 놈을 끌어내게요."

누군가 그에게 빗자루를 건넸고, 선원은 쥐를 끄집어냈다. 쥐는 마룻바닥을 뛰어다닐 만큼 마취에서 깨어났지만, 상황 판단은 아직 느렸다. 위에서 덮치는 선원들을 한번 피해보지도 못하고 잡혀버린 것이다. 올슨 선장은 죄인의 꼬리를 잡고 모두에게 들어 보였다.

"요 못된 것!" 그가 으름장을 놓았다. "감히 선장한테 물어보지도 않고 휴가를 가? 그러고도 무사할 줄 알았어, 엉?"

그는 사냥꾼들에게 다시 쥐를 보여주며 살짝 흔들었다. 그리고 선원이 내민 덫에 쥐를 넣어서 식탁 위에 얹었다. 그가 사냥꾼들을 향해 들어오라고 소리쳤다.

쥐는 찍찍거리며 구석에 얌전히 앉아 있었지만, 사냥꾼들은 벌벌 떨며 죄인을 구경했다. 그다지 기분 좋은 볼거리는 아니었다.

"다 끝났어." 올슨이 말했다. "쥐는 이제 깜깜한 지하실에 갇힐 거야. 닻사슬이 무시무시한 소리를 내는 지옥 같은 곳이지. 거기서 갱생의 길을 걷게 될 거야."

밸프레드가 손가락으로 쥐를 가리켰다.

"잠깐! 올슨, 이 쥐는 내가 본 쥐가 아니야." 그가 말했다. "내가 본 건 이렇게 못생기지 않았어."

"뭐라고?"

올슨이 당황한 얼굴로 밸프레드를 향해 고개를 돌렸다.

"네가 본 게 이놈이 아니면, 이 녀석은 뭔데?"

"이 녀석은 다른 쥐야. 내가 본 건 좀 더 갈색에 가까웠어. 이 녀석처럼 회색이 아니었어." 밸프레드가 대답했다.

"그게 무슨 뚱딴지같은 소리지?" 올슨이 큰소리쳤다. "쥐새끼 하나가 배에서 달아났고, 네가 그놈을 봤어. 방금 우리가 그 녀석을 잡은 거고."

비요르켄이 밸프레드의 어깨를 다독였다.

"밸프레드, 확실해? 자려다가 쥐를 발견한 거잖아. 졸려서 잘못 본 걸 수도 있어. 잘 생각해봐."

"아냐, 확실해. 내가 똑똑히 봤어."

친구들의 권유에 밸프레드는 다시 덫 안에 든 쥐를 관찰했다.

"아니야, 이놈이 아니라니까! 너희들도 봤잖아. 둘이 다른 걸 모르겠어?"

쥐의 외관을 두고 한동안 논쟁이 벌어졌다. 밸프레드의 의견에 손을 들어주는 사냥꾼은 거의 없었다. 라스릴은 쥐가 쫓기는 동안 겁을 집어먹고 털이 회색으로 변했을 거라고 추측했다. 그러면서 인간에게도 똑같은 일이 일어나므로, 자기 생각에는 쥐와 인간이 상당히 비슷한 피조물인 것 같다고 결론을 내렸다.

올슨은 노간주나무 열매주를 다음 짐배로 실어다 주겠다고 약속했다. 이 말 한마디로 상황이 정리되었다.

"밸프레드가 잘못 본 거야." 올슨이 말했다. "졸려서 쥐인지 암소인지 헷갈린 거라고. 하늘에 대고 맹세하는데, 이 쥐는 밸프레드가 본 쥐가 맞아. 만약에 여기서 다른 쥐가 나타나면 내가 그걸 먹을게. 이 모자랑 같이. 됐지? 자, 이제 다들 자기 자리로 돌아가."

덫을 들고 앞장서는 올슨을 따라 선원들이 줄줄이 오두막을 나갔다.

이후 하역 작업이 계속되었고, 1년간 사냥한 모피가 갑판 위로 올라갔다. 남쪽 연안의 사냥꾼들은 비요르켄보르를 향해 출항 준비를 했다.

배가 떠나고, 방문객들도 모두 떠나가자 밸프레드와 중위는 자고새 사냥에 나섰다. 북극은 격년으로 자고새가 풍년인데, 지난해 흉년이 들었으니 올해는 기대할 만했다. 예상대로 자고새는 핌불산 바위와 능선에 발에 챌 정도로 많아서 밸프레드와 중위는 1년간 먹고도 남을 만큼 충분한 양의 자고새를 순식간에 잡았다. 자고새 사냥에 이어 연어 낚시가 시작되었고, 강에서 잡아 올린 연어가 바위 위에서 꾸덕꾸덕하게 말랐다. 두 사람이 3주 동안의 사냥을 마치고 기지로 돌아왔을 때는 벌써 10월 초입이었다.

10월은 그린란드 북동부에서 가장 흥미진진한 달이었다. 즐겁고 활기찬 여름이 가고 가을이 시작되면 사람들은 다가올 겨울을 조마조마한 마음으로 기다렸다. 길고 긴 어둠의 시기에 또 어떤 일이 일어날지 아무도 예측할 수 없어서였다.

10월은 1년 중 다른 어느 달보다 생기 있고 선명한, 다채로운 빛깔의 달이기도 했다. 낮게 뜬 태양은 바다 위로 드리워져 빙하를 파란색, 붉은색, 보라색으로 물들였고, 산봉우리에서는 매일 아침 눈가루가 흩날렸다. 빙산은 온종일 파랗게 빛나다가 저녁이면 연분홍으로, 그리고 핏빛으로 옷을 바꿔 입었다. 온종일 밝기만 한 여름과 달리, 하루가 다시 24시간으로 나뉘며 낮과 밤이 구분되기 시작했다. 이 시기가 지나고 겨울이 오면 밤낮의 경계가 다시 사라지면서 어둠의 계절이 시작되었다.

10월은 장점도 단점도 많았다. 그중에서도 제일 견디기 힘든 것은 고요였다. 시끌벅적했던 여름이 지나가고 10월이 되면 바다가 하루가 다르게 얼어붙다가 순식간에 얼음으로 뒤덮였다. 물살이 약해지며 강물도 얼어붙고, 신발 바닥에 부딪칠 때마다 잔돌이 경쾌하게 튀어 오르던 자갈밭도 눈에 파묻혔다. 새들도 살기 좋은 곳을 찾아 날아가서, 사람들은 여름 내내 새들이 부르던 노래를 그리워했다. 10월에 들리는 소리라고는 기괴한 까마귀 울음소리와 파란 하늘을 배경으로 먼바다에서 퍼덕이는 갈매기들의 날갯짓 소리뿐이었다.

10월에는 여행도 쉽지 않았다. 밤사이 내린 눈이 반나절 만에 녹아서 땅이 질척였고, 얼음도 얇게 얼어서 적은 하중에도 쉽게 깨졌다. 요트를 타고 여행을 할 수도 없었다. 끝없이 몰아치는 파도로 얼음이 갈라지고, 갈라진 얼음이 요트를 망가뜨렸기 때문이다. 그래서 10월에는 밸프레드와 중위가 그랬듯, 사냥꾼 모두가 기지 주변을 어슬렁거리며 사냥을 할 수밖에 없었다.

핌불 오두막에 도착한 밸프레드와 중위의 배낭은 포획물로 넘쳐났다. 두 사람은 자고새와 연어를 별채 오두막에 매달아놓고 집 안으로 들어가 화덕에 불을 지폈다. 겨우내 입을 즐겁게 해줄 식량도 넉넉하게 준비해두었고, 지금부터는 편안하게 쉬면서 여우 사냥 철을 기다리기만 하면 됐다. 한센 중위는 밸프레드의 이야기를 들으며 개 썰매를 보수하고, 여우 덫을 만들었다. 밸프레드는 옛날이야기를 하면서 비프스테이크를 굽고, 화주를 증류하며 자존감을 높였다. 이따금 일을 하다 말고 잠들기도 했지만, 그의 말대로라면 이것도 생일잔치와 3주 동안의 산행 뒤 찾아드는 자연스러운 현상이었다.

사냥에서 돌아온 지 일주일 정도가 지난 날이었다. 밸프레드와 중위가 식사를 마치고 편하게 앉아서 수다를 떠는데 갑자기 화덕 뒷벽 안쪽의 널빤지 근처에서 찍찍거리는 소리가 들려왔다.

밸프레드는 혼비백산했다. 그가 중위를 쳐다보며 나지막한 목소리로 말했다.

"한센, 그놈이 저기 있어."

"누구?"

"쥐."

순간, 놀란 한센이 의자 위로 펄쩍 뛰어올라 무릎을

접고 앉았다. 그는 부지깽이를 화덕 밑에 집어넣고 좌우로 훑었다.

"여기는 아무것도 없어." 그가 말했다. "아마 나그네쥐일 거야. 아니면 다른 비슷한 동물이거나."

"쥐야." 밸프레드가 중얼거렸다. 그는 식탁 아래로 다리를 달달 떨었다. "나그네쥐는 집 안에 들어온 적이 없어. 다른 비슷한 동물도 마찬가지야. 빌어먹을! 한센, 어쩌지? 오늘 밤에 여기서 어떻게 자?"

"진정해, 밸프레드." 한센이 말했다. "쥐가 아니라니까. 다른 소리일 거야."

"아니야. 확실해." 밸프레드가 고집을 부렸다. "쥐야. 내가 뭐라고 그랬어? 올슨이 우리를 속였다니까!"

"쥐가 눈앞에서 잡히는 걸 봤잖아." 한센이 밸프레드의 말에 반기를 들었다. "그때 그 쥐는 배에서 온 놈이 맞았어."

"그놈은 다른 놈이었어." 밸프레드는 이렇게 대답하고 이를 앙다물었다. "내가 쥐도 못 알아볼 사람 같아?"

한센은 밸프레드를 안심시키기 위해 식탁 위에 놓인 램프를 들고 바닥 주변을 꼼꼼하게 살펴봤다.

"밸프레드, 정말이야. 여긴 아무것도 없어. 석탄 상자 뒤에 구멍이 하나 생긴 거 말고는 이상한 점이 하나도 없어."

"으악! 그러면 놈이 석탄 상자 안에 있나 봐!" 밸프레드가 몸서리쳤다. "놈이 한 달도 넘게 집 안에 있었던 거야!"

"그게 사실이면 더 이상해. 여태 아무 소리도 못 들었으니까." 한센이 이의를 제기했다.

밸프레드가 고개를 끄덕였다.

"네 말도 맞아. 그런데 놈이 조심성이 많은 건지도 몰라. 그래서 우리가 아무 소리도 못 들은 거지. 아니면 우리가 온 다음에 녀석이 별채 오두막으로 이사를 한 건지도 모르고. 가서 확인해보자. 그럼 알겠지. 우라질 놈이 분명 자고새랑 연어를 몽땅 처먹었을 거야."

두 사람은 별채 오두막으로 건너가 문을 활짝 열어 젖혔다. 방문객이 다녀간 흔적을 발견하기까지는 그렇게 긴 시간이 필요하지 않았다. 자고새 고기 일부가 사라졌고, 말려둔 그물 여기저기가 뜯어졌다. 쌀자루에는 큼지막한 구멍이 났고, 밀가루 포대에도 갉아먹힌 흔적이 역력했다.

한센이 램프를 들어 올리고 참담한 약탈의 흔적을 눈으로 좇았다.

"이 자식을 겨우내 먹이려면 돈이 좀 들겠어. 어떻게 하지?"

밸프레드가 목덜미를 긁었다.

"한센, 솔직히 말하면, 나는 쥐가 염병할 정도로 무서워. 그래서 더는 집 안에 못 있겠어."

"그럼 어떻게 할 건데?" 한센이 반박했다. "한겨울에 산으로 들로 도망을 다니려고? 차라리 얼른 잡아버리자."

"글쎄, 난 왜 그래야 하는지 모르겠어." 밸프레드는 고민에 빠졌다. 그는 다리가 후들거려서 서 있기도 힘들었고, 별채 오두막에 더 있기도 싫었다. 쥐가 숨어서 그들을 지켜보고 있을지도 몰랐다. "한센, 우리가 저런 불한당을 어떻게 잡아? 덫도 없잖아."

"덫은 내가 만들 수 있어." 한센이 대답했다. "여우 덫을 작게 만들면 되니까."

밸프레드가 고개를 저었다.

"그러면 너 혼자 집에 남아서 덫을 만들어. 난 집에 안 들어갈 거야. 거기서 어떻게 자? 이불 속으로 쥐가 들어오면 어쩌려고? 생각만 해도 끔찍해! 온몸에 벌써 두드러기가 돋는 것 같아. 한센, 난 싫어. 차라리 밖에다가 여름 텐트를 치고 살래."

두 사람은 별채 오두막을 나와서 다락으로 갔다. 밸프레드가 텐트와 사향소 가죽을 꺼내는 동안 한센이 램프를 비춰줬다.

"밸프레드, 내가 생각을 해봤는데 저런 쥐는 여기서 오래 못 살아. 너무 추우니까. 그래서 말인데, 화덕에 불을 지피지 말아볼까? 추워서 얼어 죽게. 어때?"

밸프레드는 침낭을 아래층으로 던지고 현관문을 닫았다.

"쥐가 추위를 타는 건 확실해." 그가 말했다. "따뜻한 곳을 찾아 화덕 근처로 온 걸 테니까."

한센은 밸프레드가 던진 침낭을 밖으로 들고 나갔다.

"문하고 창문을 모두 열어두면 추워서 금방 얼어 죽을 거야."

"한센, 훌륭한 생각이야. 넌 정말 똑똑해." 밸프레드가 감탄한 얼굴로 동료를 바라보았다. "늘 말하지만, 넌 궁지에 몰릴 때마다 기막힌 생각을 해내. 그것도 내가 말하려던 것과 똑같은 생각을! 한센, 찬성이야. 네 말대로 하자. 당분간 밖에서 지내면서 쥐가 얼어 죽을 때까지 기다려보자."

두 사람은 기지를 나서기 전에 현관문, 창문, 다락으로 연결된 문, 화덕 입구 등 문이란 문은 다 열어서 얼음처럼 찬 공기가 실내로 들어오게 했다. 그런 다음 핌불 오두막 앞의 탁 트인 평원으로 걸어가 텐트를 쳤고, 사향소 가죽을 매트리스 대신 바닥에 깔았다. 사향소 털로 된 침낭을 뒤집어쓴 채로 텐트 가운데에 식량 상자를 놓고, 그 위에 버너와 램프를 올리자 분위기가 한결 아늑해졌다. 밸프레드는 흡족한 마음으로 한센이 죽은 쥐를 발견할 때까지는 절대로 밖으로 나가지 말자고 다짐했다.

이로부터 엿새 뒤, 밸프레드가 밖으로 나올 기회가 생겼다. 석유와 식량을 가지러 오두막으로 간 한센이 식탁 아래에서 쥐의 사체를 발견한 것이다. 중위는 그 즉시 화덕에 불을 피우고 텐트로 뛰어가 밸프레드에게 반가운 소식을 전했다.

"됐어!" 한센이 활짝 웃으며 소리쳤다.

"진짜?" 밸프레드가 침낭 밖으로 머리를 내밀고 물었다.

"얼음처럼 뻣뻣하게 굳었어." 한센이 말했다. "그러니까 이제 일어나. 집에 가자. 내가 화덕에 불을 지펴놨어. 커피 물도 올려놓았고."

두 사람은 캠프를 접고 핌불 오두막으로 돌아갔다. 밸프레드가 죽은 쥐를 발로 건드렸다.

"죽은 쥐도 살아 있는 쥐만큼이나 혐오스러워." 그가 말했다. "쥐가 나한테 직접 해를 끼친 적은 없지만, 보기만 해도 소름이 끼쳐. 뭣 때문에 그런지는 모르겠어."

"나도 그래. 그런데 이제 놈을 어떻게 하지? 개들한테 먹으라고 던져줄까?"

밸프레드는 고개를 저었다.

"아냐, 더는 이런 일이 생기지 않기를 바라지만, 다음을 위해서도 그렇게 하면 안 될 것 같아. 그린란드 북동부에 사상 최초로 출몰한 쥐니까 걸맞은 대우를 해줘야지. 장례식도 치러주고."

밸프레드는 얼음으로 꽉 찬 양동이를 가져와서 커피를 타려고 끓여놓은 뜨거운 물을 담았다. 얼음이 녹자 그는 죽은 쥐를 부지깽이로 주워서 양동이 안에 던져 넣었다.

"자, 이제 됐다!" 밸프레드가 만족한 듯 말했다. "문밖에 두면 하루 만에 꽁꽁 얼 거야."

"그걸 왜 얼려?"

중위가 의아한 얼굴로 동료를 쳐다보았다.

"영구동토에 묻어주려고. 그러면 신선도가 오래 유지되잖아." 밸프레드가 대답했다.

이듬해 여름, 사냥꾼들은 관례에 따라 매스 매슨과 검은 머리 빌리암의 집에 모였다. 베슬 마리호가 톰슨곶에 도착할 무렵이었다. 배는 사냥꾼들의 열렬한 환호를 받으며 정박했고, 올슨 선장은 백작이 마련한 만찬에 초대되었다.

백작은 돌고래 만에서 썰물 때 채취한 홍합에, 말린 양파, 후추, 레몬, 백작표 백포도주 반 리터를 넣고 수프를 만들었다. 수프는 이탈리아 요리인 추파 코체*에서 영감을 받은 음식으로, 솜씨 좋은 요리사의 설명에 따르면, 담배 빛깔의 예테보리산 커피 가루 반 숟가락과 설탕에 절인 안젤리카 두 줄기를 넣어서 섬세한 맛을 살린 것이었다. 백작의 말처럼 수프는 감칠맛에 향기도 좋아서 미식가인 선장의 혀를 황홀하게 했다. 올슨은 태양처럼 얼굴을 환하게 밝히며 시에서나 등장할 법한 표현으로 백작을 칭송했다.

"백작, 다음에는 뭐가 나와?" 그가 인내심을 잃고 요리 분야의 예술가에게 물었다.

백작이 근엄한 얼굴로 그를 쳐다보았다.

"육즙이 살아 있는 소고기 구이에 바 메도크**, 그리고 구운 감자를 내놓을까 해."

---

* 홍합을 매콤한 토마토소스에 볶아 치즈를 뿌린 이탈리아 요리.
** 프랑스 메도크 지역에서 생산된 와인.

"와우, 최고야!" 올슨이 환호했다. "더는 못 기다리겠어!"

"올슨, 너를 위해서는 내가 따로 준비해 둔 게 있어. 이름은 '타르타르* 빙수'야."

백작은 진지한 얼굴로 계속해서 뚱뚱한 올슨을 응시했다.

마침내 주요리가 나왔다. 군침을 돌게 하는 소고기 구이 냄새가 실내에 퍼지고, 올슨 앞에도 커다란 접시가 놓였다.

"하, 하, 이건 또 뭐야?"

접시 위에 놓인 얼음덩어리를 보고 올슨이 웃음을 터뜨렸다. 그러고는 호들갑을 떨며 얼음을 포크로 두드렸다.

"백작, 또 뭘 발명한 거야?"

"타르타르 빙수라고 아까 내가 말했잖아." 백작이 다시 말했다. "어서 먹어봐. 굉장히 매력적인 맛일 거야."

올슨은 얼음을 내려다보았다. 순간, 그의 얼굴에서 미소가 싹 가셨다. 투명한 얼음 사이로 이빨을 드러낸 쥐

———

* 익히지 않은 고기를 곱게 다져서 조미해 먹는 음식.

의 사체가 보였기 때문이다.

매스 매슨이 웃음을 터뜨렸다.

"올슨, 수프가 정말 맛있었지? 암, 식욕을 돋우기에 딱 좋았어. 그럼 이제 주요리를 시작해볼까? 기가 막히게 맛있을 테니까 마음의 준비는 하고 먹어. 설마 벌써 잊은 거야? 작년에 네가 그랬잖아. 여기서 다른 쥐가 나오면 모자랑 같이 먹겠다고. 기억나지? 그러니까 어서 먹어. 안 그러면 앞으로는 하역할 일도 없고, 싣고 갈 모피도 없을 테니까."

올슨의 얼굴이 시체처럼 새하얘졌다. 그가 애처로운 표정으로 사냥꾼들을 돌아보았다. 그러나 돌아오는 눈빛은 싸늘하기만 했다. 밸프레드만이 의치를 드러내며 활짝 웃었다. 그가 선장에게 윙크하며 말했다.

"올슨, 모자부터 먹도록 해. 그사이에 얼음이 먹기 좋게 녹을 거야."

북극 허풍담 2

그 후 엠마는 어떻게 되었나?

초판 1쇄 인쇄 2022년 4월 15일
초판 1쇄 발행 2022년 4월 25일

지은이 요른 릴
옮긴이 지연리
펴낸이 정중모
펴낸곳 도서출판 열림원

출판등록 1980년 5월 19일(제406-2000-000204호)
주소 경기도 파주시 회동길 152
전화 031-955-0700
팩스 031-955-0661   페이스북 /yolimwon
홈페이지 www.yolimwon.com   트위터 @yolimwon
이메일 editor@yolimwon.com   인스타그램 @yolimwon

주간 김현정   마케팅 홍보 김선규 최가인
편집 조혜영 황우정 최연서   온라인사업팀 서명희
디자인 강희철   제작 관리 윤준수 이원희 고은정 원보람

ISBN 979-11-7040-059-2 04850
       979-11-7040-057-8 (세트)